Chili con carne

Erotische Quickies
Für den kleinen Lesehunger zwischendurch

AF192077

Chili con carne

Erotische Quickies
Für den kleinen Lesehunger zwischendurch

Polly Äthylen und Peer Rouge

ISBN: 9783837094855
© Alle Rechte bei den Autoren
Cover: Patty Potage
Layout und technischer Support: Marie de la Suisse
Herstellung und Verlag:
Books on Demand GmbH Norderstedt 2009
Elektropost: PeerundPolly@gmx.net

*„Die wahren Abenteuer sind im Kopf,
und sind sie nicht im Kopf, dann sind sie nirgendwo."*

André Heller

INHALT

ANNICKA

Die junge Frau im roten Minikleid steuerte direkt auf mich zu.

„Ich bin Annicka, Annicka Schneider." Sie streckte mir die Hand entgegen. „Ich darf mich doch setzen?"

Ohne eine Antwort abzuwarten, rückte sie den Kaffeehausstuhl zurecht und stellte die große Zeichenmappe daneben. „Ich habe Ihnen einige von meinen Arbeiten mitgebracht. Wollen Sie sie sehen? Sie wollen sie doch sehen?" fragte sie mit Nachdruck.

Ich war zu keinem Widerspruch fähig, nickte nur und machte mich auf das Schlimmste gefasst. Zu gut wusste ich, womit sich höhere Töchter auf der Suche nach sich selbst ihre Zeit vertrieben. Der Anblick von hysterischbunten Acrylklecksen, die als abstrakte Kunst getarnt daherkamen, waren für mich nur schwer zu ertragen. Annicka öffnete die Mappe. Ich betrachtete schweigend die losen Blätter. „Gefallen Ihnen meine Bilder? Glauben Sie, dass man damit eine Ausstellung machen könnte, Herr Reichmann? Ich muss gestehen, auf diesem Gebiet habe ich nicht die geringste Ahnung. Solche Dinge lernt man ja leider nicht auf der Kunstakademie." Sie zwinkerte mir komplizenhaft zu.

Ja, die Bilder gefielen mir, aber viel mehr noch gefiel mir Annicka. Die lebhaften, dunklen Augen, ihr Grübchen, wenn sie lachte, die sprühende Begeisterung, mit der sie über ihre Arbeit sprach. „Wissen Sie, dass eine eigene Ausstellung in Ihrer Galerie mein allergrößter Traum wäre? Erst recht, wenn Sie in so einer renommierten Galerie wie der Ihren stattfände?"

„Darüber sollten wir reden!" Ich tat betont lässig. „Kennen Sie das ‚Da Capo'? Dort isst man die besten gegrillten Scampi der Stadt. Die müssen Sie unbedingt probieren. Und dort machen wir dann Nägel mit Köpfen." Blöder Spruch! Aber er verfehlte auch dieses Mal seine Wirkung nicht.

Im „Da Capo" hatte ich nur mehr ein Bild vor Augen. Annicka in Großaufnahme: schwarzer Pagenkopf, abgrundtiefe Augen, riesengroße Ohrringe. Mein Blick klebte an ihren Lippen, in die sie lasziv die ausgelösten Scampi schob.

Nach der zweiten Flasche Prosecco überfiel mich das Bedürfnis, mir einen Einblick in ihr Gesamtwerk zu verschaffen. „Ich muss unbedingt alle Ihre Bilder sehen. Wann würde es Ihnen passen? Heute Nacht?"

„Ich hab' noch ein paar Akte zu Hause. Die zeige ich Ihnen gerne, Herr Reichmann. Wann immer Sie wollen." Ihre Stimme klang eine Spur zu artig. „Oder darf ich Theo zu Ihnen sagen?" Annicka legte ihre Hand auf meine. War sie so naiv? Wenn nein, dann beherrschte sie das Spiel ausgezeichnet. Mein Interesse stieg sprunghaft.

Im Taxi fuhren wir zu ihrer Wohnung. Hand in Hand liefen wir die Stufen hinauf, küssten uns auf jedem Treppenabsatz, drängten die Körper aneinander.

Annicka schloss hastig die Tür auf. Kaum stand sie im Flur, hatte sie auch schon ihr Höschen ausgezogen und im hohen Bogen in die Ecke geworfen. Langsam schob sie das Trägerkleid hinauf bis zum Hals. Mein begehrlicher Blick wanderte von dem pelzigen Dreieck über den Bauch bis zu den alabasterfarbenen Brüsten. Vor mir stand der schönste weibliche Akt, den ich je gesehen hatte.

Was war doch Annicka für ein wunderbares Mädchen! Und so talentiert! Ich spürte noch ihre Zunge auf meinen Lippen, auf meiner Haut, an meinem Geschlecht, als ich im Morgengrauen zum Taxistand schlich. Dass ich jetzt wieder einmal mächtig Ärger mit meiner Frau kriegen würde, war in diesem Augenblick bedeutungslos.

Mich plagten andere Sorgen.

Zu dumm, dass ich so wenig von Kunst verstehe, dachte ich. Zu dumm, dass ich nicht Theo Reichmann heiße. Theo ist ein schöner Name.

ONE NIGHT IN BANGKOK

Veranstaltungen wie die „Asien-Pazifik-Konferenz für regionale Wirtschaftsförderung" sind eigentlich dröge. Eine Menge internationaler Leute, die sich nicht kennen, treffen sich und halten sich tagelang Vorträge. Diesmal fand sie in Bangkok im Grand Ballroom des Hyatt statt, einem riesigen fensterlosen Saal mit schweren Kristalllüstern an der Decke und pseudo-klassischen Stucksäulen an den Wänden. Die Klimaanlage war wie üblich knapp über dem Gefrierpunkt justiert, aber wir saßen ja alle in dunklen Anzügen oder Kostümen da. Nur wer in der Pause kurz aus dem Hotel ging, den trafen die feuchtheißen 34 Grad Außentemperatur wie ein Hammerschlag. Die Tagung war so gut wie zu Ende. Gerade lief die letzte Veranstaltung, dann kam noch ein kurzer Cocktail und schließlich das große Gala-Dinner für die 800 Teilnehmer. Ich spielte mit dem Gedanken, mich vorzeitig zu verdrücken.

Sie kam unvermittelt von hinten, beugte sich zu mir und deutete auf den freien Platz neben mir. Ich warf ihr nur einen flüchtigen Blick zu und nickte, weil eben eine Reihe junger Damen in silbernen Miniröcken und Stiefeln mit Plateau-Sohlen auf die Bühne kamen. Jede trug die Fahne eines der Mitgliedsländer, und sie sahen aus, als wären sie gerade den 1960er Jahren entsprungen. Ich drehte mich zu meiner Nachbarin, um zu testen, ob man mit ihr ein paar lästerliche Worte austauschen konnte, und blickte voll in ihr Gesicht. Offensichtlich hatte sie mich gerade von der Seite gemustert. Sie lächelte mich an. Ich sah in ihre Augen, und es war dieser Blick, der mir sofort durch und durch ging, der mein vom Konferenztag müdes Inneres durcheinander wirbelte und alle Sensoren in Erregung versetzte. Auch wenn ich es nur ungern zugebe: Meine Reaktion darauf war ziemlich einfallslos und spießig. Ich nestelte eine meiner Visitenkarten aus der Tasche und reichte sie ihr. Sie nahm sie mit einem freundlichen Lächeln, öffnete ihre Handtasche und holte mit sicherem Griff eine ihrer Karten heraus. Ich las: Sally Warner. Laut Karte arbeitete sie für die Vereinten Nationen in Neuseeland. War sie Neuseeländerin? Sie war mittelblond mit ein paar sichtbaren Sommersprossen, eher helle Haut, graublaue Augen, kein großes Make up, dunkelblaues Business-Kostüm, weiße Bluse, Perlenkette, gewellte, schulterlange Haare. Ich schätzte sie auf Mitte vierzig. „Arbeitest du in Thailand?" fragte sie in Englisch. Ich nickte. „Ja, hier in Bangkok." Ich roch ihr Parfüm, damenhaft und dezent, nicht zu süß. Gerne wäre ich ihr näher gekommen. Inzwischen hatte Musik eingesetzt, die Mädchen auf der Bühne hielten die Fahnenstangen und wiegten dazu schüchtern und steif ihre Hüften.

„Sieht aus wie schlechtes Table Dancing!" Ich beugte mich so nahe wie möglich zu ihr, ohne aufdringlich zu wirken. Sie sah mich an, lächelte amüsiert und zog bedauernd die Brauen hoch. „Da kann ich nicht mitreden, ich habe leider noch nie Table Dancing gesehen!" Hatte sie leider gesagt?

Die Show war zu Ende, der Saal leerte sich, draußen im Foyer gab es jetzt Cocktails. Ich wich nicht von Sallys Seite, aber auch sie machte keine Anstalten, sich von mir abzusetzen. Unsere Unterhaltung ergab folgendes: Sie war Neuseeländerin, lebte in Auckland, hatte aus New York kommend für die Konferenz einen Zwischenstopp gemacht und flog heute Nacht gegen zwei Uhr weiter nach Hause. Ihr Gepäck war bereits am Flughafen, sie wusste nicht, wie sie die Zeit bis zum Abflug verbringen würde, höchstwahrscheinlich in der Lounge ihrer Airline.

Grausames Schicksal! Gerade hatte ich mich unsterblich in ihre Augen, ihr Lachen, ihre sportliche Figur und ihr Parfüm verliebt, und schon drohte das Ende! Zum Dinner saß sie am Tisch der Neuseeländischen Botschaft, wohin ich ihr nicht folgen konnte. Ich ging an meinen Platz, der leider relativ weit weg war, aber ich konnte sie sehen. Das Dinner war wohlschmeckend und steif. Hauptsächlich wurden Visitenkarten und allgemeine Floskeln gewechselt. Immerhin, einmal trafen sich unsere Blicke, ich winkte ihr unauffällig zu, und sie winkte zurück.

Ich weiß nicht, was mich trieb, es kam einfach spontan über mich. Als der Kaffee serviert wurde, ging ich an ihren Tisch, beugte mich zu ihr und sagte laut: „Mrs. Warner, the driver is waiting for you at the entrance!"

Sie zögerte keine Sekunde und erwiderte mit einem gewinnenden Lächeln:

„Oh thank you so much, I'm coming in a minute!" Und zu den erstaunt blickenden Botschaftsangehörigen gewandt: „Sorry, ich vergaß ganz zu sagen, dass ich noch eine dringende Verabredung habe!" Sie stand auf, bedankte sich, schüttelte allen die Hand und folgte mir aus dem Saal.

„Was für eine nette Überraschung! Was wird das?"

„One Night in Bangkok!"

Sie sah mich fragend an. Ich winkte ein Taxi heran. „Wie wär's mit Table Dancing?" Ihr blieb regelrecht der Mund offen stehen, aber sie strahlte: „Ist das dein Ernst?"

Der Entertainment-Komplex war ein großer Hof mit zahlreichen offenen Bars, durchdrungen von lauter Musik, mit laufenden Fernsehern und Animierdamen, die so auf den Barhockern saßen, dass bei ihren kurzen Röcken ihre Beine optimal zur Geltung kamen. Um den

Hof herum befanden sich auf drei Stockwerke verteilt die einzelnen Etablissements mit klingenden Namen und viel bunt blinkendem Neonlicht. Man wurde in sie gelockt, indem der Vorhang am Eingang zur Seite geschoben wurde, so dass man einen kleinen Blick in den dunklen Raum mit der hell erleuchteten Bühne werfen konnte, wo dann eben Table Dancing oder irgendwelche anderen Sex-Shows liefen.

Alles war eigentlich sehr freundlich, die Mädchen lachten, wenn sie versuchten, einen ins Innere zu ziehen, das Milieu war weder schmuddelig noch abstoßend und wirkte nicht halbkriminell, wie oft in deutschen Bahnhofsvierteln. Ich kannte den Komplex. Die meisten meiner Besucher wollten so etwas unbedingt einmal sehen, schon alleine, um zu Hause vom aufregenden Sex Life Bangkoks berichten zu können.

Ich wählte die Rainbow-Bar. Das Besondere an ihr war, dass sie für Männer und Frauen etwas bot, denn in ihr gab es nicht nur Girls, sondern auch Ladyboys: Thailands schönste Frauen, die trotz Busen und atemberaubender Figur immer noch den kleinen Unterschied aufweisen konnten, der in der Regel aber gut versteckt war. Die Bar war ziemlich voll, wir bekamen zwei Plätze in einer der erhöhten hinteren Reihen. Als erstes zogen wir unsere Jacken aus, aber niemand nahm Notiz davon, dass wir gegenüber den anderen Besuchern overdressed waren. Es gab noch einige andere Frauen unter den Gästen, aber die Männer waren natürlich bei weitem in der Überzahl. Das Bier wurde aus Flaschen getrunken, die in Styroporhüllen steckten, um kühl zu bleiben.

„Falls es dir peinlich wird, sag es, wir gehen dann sofort, ich kenne es ja!"

Sie strahlte mich an. „Keine Angst, ich sage rechtzeitig Bescheid!"

Auf der Bühne war gerade eine Gruppe echter Girls. Sie trugen schwarze Reizwäsche, hielten sich an den Stangen fest und tanzten ziemlich lahm zu „Give me your love after midnight". Die Gruppe verschwand, und zwei Girls in Tangaslip und Halbschalen-BH, der die Brustwarzen frei ließ, kamen. Jetzt ging es schon mehr zur Sache: Sie tanzten etwas leidenschaftlicher, wobei am meisten der Unterkörper in Aktion trat, dann streichelten sie sich gegenseitig, zogen sich die BHs aus, und schließlich wurde noch eine Schale mit Seifenschaum auf die Bühne geschoben, damit bestrichen sie sich lange und hingebungsvoll, bis sie völlig weiß bedeckt waren. Die Tangas blieben dabei an.

Ich beobachtete Sally. Sie schien ganz und gar hingerissen, hatte die Bierflasche in der Hand, nippte hin und wieder daran, starrte auf die Bühne und benahm sich eigentlich nicht anders als die Mehrzahl der Männer in der Bar.

Als nächstes kam ein Striptease, bei dem das Girl mindestens sieben zarteste Slips übereinander trug, was man nicht sehen konnte. Jedes Mal dachte man natürlich es wäre der letzte, und jedes Mal zog sie das zarte Etwas einem der Männer, die direkt an der Bühne saßen, über den Kopf. Am Ende stand sie dann tatsächlich für einen kurzen Moment nackt da, kleine Brüste und wohl getrimmte Schamhaare zeigend. Dann ging das Licht der Bühne aus, und sie verschwand im Dunkeln.

„Und?" fragte ich Sally.

„Oh, ich bin so froh, dass ich es endlich einmal sehe. Bisher ist niemand mit mir zu so etwas gegangen!"

Dann kamen die Ladyboys. Sie trugen verschiedene Glitzerklamotten und je „weiblicher" ihr Körper an Busen und Hüften war, desto freizügiger war ihr Outfit. Und natürlich waren sie fantastisch geschminkt und hatten gestylte Frisuren. Sie flirteten aggressiv ins Publikum, suchten den Augenkontakt, machten obszöne Gesten, befummelten sich gegenseitig. Die Stimmung stieg rapide an. Und als schließlich „Bye, bye Miss American Pie" gespielt wurde, da tanzte die ganze Bar, Sally und ich auch, und wir sangen laut mit. Sally hatte mich beim Tanzen um die Hüften gefasst, und ich tat dasselbe, und wir stießen unsere Hintern gegeneinander.

Als wir wieder saßen, kam einer der Ladyboys, setzte sich auf meinen Schoß, und griff mir ungeniert zwischen die Beine. Was tat Sally? Sie fuhr wie eine Wildkatze nach vorne, schubste seine Hand weg, schmiss sich an mich, schützte mit ihrer Hand meine Genitalien und fauchte ihn lachend an: „Wie kannst du es wagen, das gehört alles mir!" „Oh, sorry, Madame!" Er nahm meine Hand, drückte sie an seinen Busen, gab mir einen Kuss auf die Wange und verschwand. Sally lachte, nahm meine andere Hand, drückte sie an ihre Brust und gab mir ebenfalls einen Kuss.

Als ein Blumenverkäufer vorbeikam, kaufte ich einen Strauß weißer Rosen. „Für die attraktivste Frau hier im Raum!" Sie sah mir in die Augen, strahlte, und ich sah, dass ihre Augen ein kleines bisschen wässrig wurden, so wie meine.

Das Ende war kurz. Sie verschwand noch einmal auf die Toilette, dann mussten wir gehen.

„Soll ich Dich ..."

„Nein", antwortete sie, bevor ich den Satz vollendet hatte. Am wartenden Taxi umarmten wir uns fest, küssten uns zärtlich und ich sagte: „Sally, du bist wunderbar!" „Du auch!" erwiderte sie, machte sich von mir los, drückte mir ein kleines Päckchen in die Hand und glitt ins Auto. Als es losfuhr, drückte sie die Rosen an sich und warf mir eine Kusshand zu.

Sobald ich in meinem Taxi saß, nahm ich mir ihr Päckchen vor. Das Einwickelpapier war ein Plakat, das für den Gebrauch von Kondomen als Schutz vor AIDS warb und in allen Toiletten hing. Daraus kam ein schwarzes Spitzenhöschen zum Vorschein.

Es roch nach ihrem Parfüm und war im Schritt feucht. Ich setzte mich so, dass der Fahrer mich nicht im Rückspiegel sehen konnte, dann hielt ich mir die anregend duftende Erinnerung vor die Nase, atmete tief ein und dachte: Sally, du bist wirklich wunderbar!

CHILI CON CARNE

Er war für Gregor eingesprungen. Das ist leicht verdientes Geld, hatte Gregor gesagt. Du servierst zwei Stunden lang Tee und Champagner und reichst dazu Kanapees auf dem Silbertablett. Dabei überhörst du das pseudo-intellektuelle Geplapper der alten Schachteln und lächelst diensteifrig, komme, was da wolle. Ich garantiere dir, wenn sie zufrieden sind, stecken sie dir auch noch ein saftiges Trinkgeld zu. Und vergiss nicht, etwas Ordentliches anzuziehen. Man legt in diesen Kreisen Wert auf Etikette!

Nun stand Aushilfskellner Johannes mit gewaschenem Hals und weißen Kragen vor dem Villenportal und drückte auf die Messingklingel. „Junger Mann, kommen Sie nur herein", sagte die Dame des Hauses und legte vertraulich den Arm um seine Schulter. „Wir haben schon auf Sie gewartet."

Einmal im Monat lud Theodora ihre drei besten Freundinnen zu einem literarischen Zirkel ein.

Für ihren Gatten, der es bis zum stellvertretenden Polizeipräsidenten gebracht hatte, hatte sie auf ihre eigene Karriere verzichtet und ihr Germanistikstudium abgebrochen. Nach seinem plötzlichen Tod, der ihn vor zwei Jahren in Ausübung seines Dienstes im Sauna-Club „Pascha" in Form eines Herzversagens ereilt hatte, holte sie nun all das nach, was sie ihm zuliebe nicht getan hatte.

Über Literatur zu diskutieren zum Beispiel. Dafür war der erste Donnerstag im Monat reserviert. Amanda hätte zwar viel lieber von der Ayurveda-Kur und den samthäutigen Liebhabern auf Sri Lanka berichtet, Lara über das letzte Golfturnier und Roxane von den Designer-Fummeln, die sie in Mailand zu Schnäppchenpreisen erstanden hatte. Doch Theodora setzte auf Schöngeistiges und überschüttete ihre Freundinnen mit all den Neuerscheinungen, die im deutschen Feuilleton und bei den selbsternannten Literaturpäpsten lobende Erwähnung gefunden hatten.

Heute schienen die drei noch unkonzentrierter als sonst zu sein. Theodora hatte äußerste Mühe, die Aufmerksamkeit auf ihr gebündeltes Buchstabenglück zu lenken. „Wer ist denn eigentlich dieses süße Schnittchen, das uns da die Schnittchen reicht?" fragte Amanda zwischen zwei Schlucken Veuve Cliquot. Auch die anderen Damen wetzten unruhig auf den Louis-Seize-Stühlen hin und her. Theodora sah sich gezwungen, ihren letzten Trumpf auszuspielen: „Kennt ihr schon das neueste Buch von Robert Menasse?" „Robert wer?" fragte Amanda gelangweilt. „Nein", gähnte Roxane. „Aber du wirst uns sicher gleich verraten, wie der Schmöker heißt!"

„Waaas? Ihr kennt ‚Don Juan de la Mancha oder die Erziehung zur Lust' nicht?" Der arrogante Unterton in Thoedoras Stimme war unüberhörbar. „Da habt ihr aber wirklich was versäumt!"

Don Juan? Erziehung zur Lust? Plötzlich waren die drei Freundinnen hellwach. „Kannst du uns nicht etwas vorlesen?" flehten sie wie aus einem Munde. Theodora rückte ihre Brille zurecht, klappte das bereitgelegte Buch auf, räusperte sich und begann:

„Die Schönheit und Weisheit des Zölibats verstand ich zum ersten Mal, als Christa Chilischoten zwischen den Händen zerrieb, mich danach masturbierte und schließlich wünschte, dass ich sie – um es mit ihren Worten zu sagen – in den Arsch fickte. Na, was sagt ihr jetzt?" Theodora warf einen triumphierenden Blick in die Runde.

Während Amanda, Lara und Roxane noch mit wohliger Abscheu den Satz in sich nachklingen ließen, legte sie das Buch bedächtig in die Kommode zurück und holte aus der Lade das liebste Erbstück ihres Mannes hervor: zwei Paar Handschellen.

Dann ging es Schlag auf Schlag. Ohne ein einziges Wort zu sagen fielen die Frauen über Johannes her, der leicht verkrampft im Türrahmen die Stellung gehalten hatte. Er war so überrascht, dass er ohne jeglichen Kraftaufwand überwältigt werden konnte. Unbarmherzige

Frauenhände drückten ihn in einen Polstersessel, bogen seine Arme hinter die Lehne und legten ihm – klick! – die Handschellen an. Danach fassten sie nach seinen Fußgelenken. Und wiederum – klick! – erklang dieses kalte, metallische Geräusch. Da half kein Strampeln und kein Toben, kein verzweifeltes Lassen-Sie-mich-los-aber-sofort-Gebrüll. „Mehr Contenance, junger Mann!" sagte Amanda streng und stopfte ihm eine Serviette aus feinstem Batist in den Mund. Mit Schreck geweiteten Augen starrte Johannes auf die vier Megären. So hatte er sich das literarische Quartett nun wirklich nicht vorgestellt.

Na warte, Gregor, wenn ich hier wieder lebend rauskomme, dachte er, dann gnade dir Gott!

„Beruhige dich, mein Kleiner! Alles wird gut!" sagte Theodora mit mütterlich-sanfter Stimme wie Nina Ruge, tupfte ihm ein paar Schweißtropfen von der Stirn und ging in die Küche. Sie kam mit einer Schale voll Chilischoten zurück, die sie an die Freundinnen verteilte. Mit quälender Langsamkeit zerrieben sie die schmalen, roten Früchte erst zwischen Daumen und Zeigefinger, dann zwischen den Handflächen. Im Zeitlupentempo öffnete Theodora Johannes' Hose.

„Wer will als erste?"

LA DONNA È MOBILE

„Auf uns!"

Max hob das Glas. „Heute habe ich alle Zeit der Welt – nur für dich!"

Es gibt Momente, da finde ich die Übertreibungen meines Mannes wirklich hinreißend. Jetzt war so einer. Max hatte nicht auf unseren Hochzeitstag vergessen und mich ins „La Donna", das beste italienische Restaurant der Stadt, eingeladen. Soviel unerwartete Aufmerksamkeit musste belohnt werden. Ich setzte mein strahlendstes Lächeln auf und prostete ihm zu. Die Gläser klirrten. Der Abend verhieß durchaus Gutes.

Doch schon zwischen Antipasti und ersten Gang drängte sich ein „Di-di-di-dididi, di-di-di-dididi" – ebenso aufdringlich wie unabwendbar. Die ersten Takte einer Verdi-Arie, zum Klingelton verkommen. Wie ich diese Mobiltelefone hasste! Und die ständige Verfügbarkeit meines Mannes und seine vordergründige Wichtigkeit erst recht!

„Ich muss kurz weg, mein Schatz! Es ist wirklich ganz dringend!" Max sprang auf, warf die Stoffserviette auf den Tisch und gab mir einen flüchtigen Kuss auf die Wange. „Du musst verstehen! Es dauert höchstens …"

„Wie lange?" rief ich ihm hinterher. Die halb verschluckte Antwort ging im Stimmengewirr unter. Schon war Max draußen bei der Tür, hatte mich wieder einmal allein gelassen. Dass er dies in einem Vier-Sterne-Restaurant bei Prosecco und Kerzenschein tat, machte die Situation nicht erträglicher.

Wut kroch in mir hoch, Wut, in die sich etwas Traurigkeit mischte.

„Signora, was makken wir jezz mit die zweite Porzione?" War da ein Anflug von Mitleid in den Augen des Kellners zu erkennen?

„Stelle einfach alles auf den Tisch, Salvatore!" sagte ich heftig. „Und bringen Sie mir noch ein Glas."

Ich leerte es viel zu schnell, in zwei Zügen. Warum muss ich eigentlich immer alles verstehen? dröhnte es mir durch den Kopf, während ich die Languste in Stücke riss und das weiße Fleisch aus dem Panzer schälte.

„Hat gesmekkt, Signora?"

„Moltissimo, Salvatore. Complimenti al cuoco!"

Was eine doppelte Portion gegrillter Krustentiere mit einem Hauch von Knoblauch und ein paar Gläser Prosecco ausmachten! Ich hatte meine gute Laune wieder gefunden. Und mein Standard-Sätzchen, das ausreichte, um Kellnern geheuchelte Begeisterung für meine Sprachkenntnisse abzuringen, auch. „Ooooh, Signora! Wo Sie haben gelernt so gut italiano?" Genüsslich schleckte ich die Finger ab, ehe ich sie in die Wasserschale tauchte.

24

Ich warf Salvatore einen frechen Blick hinterher. Der eigene Mann kann einem wirklich die Sicht aufs Wesentliche verstellen. Jetzt fielen mir auch die beiden Männer auf, die drei Tische weiter saßen. Hatten sie mich die ganze Zeit beobachtet? Sie unterhielten sich lautstark in einer Sprache, die mir nicht vertraut war. Das dunkle Timbre ihrer Stimmen gefiel mir, obwohl ich kein einziges Wort verstand. Ob sie über mich sprachen? Einer der Männer sah mich unverwandt an. Er hat ein schmales Gesicht, eine markante Nase und dunkle, leicht gewellte Haare, die bis zum Hemdkragen reichen. Sein Blick war dreist, unverschämt, irgendwie erregend.

Wann hatte mich ein Mann das letzte Mal so angeschaut? Nervös begann ich am Kragen meiner Seidenbluse zu nesteln.

Wie sollte ich reagieren? Verlegen den Kopf zur Seite drehen? Empört nach dem Kellner zu rufen, um mich zu beschweren? Den impertinenten Kerl einfach ignorieren?

Allzu leicht wollte ich es mir nicht machen. Ich strich mit verführerischer Geste eine Strähne aus dem Gesicht und erwiderte ich den Blick. Mehr noch – ich versuchte ihm standzuhalten.

Mein Herz begann überlaut zu klopfen. Hitze stieg in mir hoch, kroch meinen Hals entlang, hoch bis zu den Schläfen. Ob das am Prosecco lag? Oder doch am

Gänsehautblick meines geheimnisvollen Gegenübers? Wo nur mein Mann so lange blieb! Wollte er nicht längst wieder zurück sein? War dies nicht der passendste Moment, um einmal nicht an ihn zu denken?

Abrupt stand ich auf und steuerte mit raschen Schritten auf die Damentoilette zu – die Falkenaugen im Rücken. Ich beugte mich über das Waschbecken und ließ das kalte Wasser über die Handgelenke fließen. Was für eine Wohltat! Bedächtig tupfte ich mit dem Handtuch meine Hände trocken. Dann rieb ich mir mit den Fingerkuppen die Stirn und presste die Mittelfinger gegen meine pulsierenden Schläfen.

Was war das für ein Geräusch? Hatte jemand den Raum betreten? Spürte ich heißen Atem in meinem Nacken oder bildete ich es mir nur ein? Ich hob meinen Kopf und schaute in den Spiegel. Unsere Blicke schlugen ineinander ein.

„Was machen Sie hier? Das … das ist doch die Damentoilette!"

„Haben Sie mich wirklich nicht erwartet?"

Seine Stimme und die Art, wie er die „R" rollte, jagten mir einen Schauer über den Rücken. Ich schluckte. „Doch!"

Hastig griff ich in die Toilettetasche und drehte den Lippenstift aus seiner goldenen Hülle. Aufreizend langsam zog ich meine Lippen nach, glitt mit der Zunge prüfend über das samtige Rot, schaute ihm im Spiegel in die Augen.

„So, jetzt ist wieder alles in Ordnung. Wir können ... Sie haben doch noch Lust auf ein Dessert?"

VERA

Vera hatte gute Laune. Warum, wusste sie selbst nicht, es war einfach so. Und das, obwohl sie im Club saß und auf einen Kunden wartete, also eigentlich bei der Arbeit war. Sie hockte alleine an der Bar, weil die anderen mit den Vorbereitungen für den Abend beschäftigt waren.

Der Kunde, den sie erwartete, hieß Klaus und war ein alter Schulfreund von Gerd, der wiederum war einer der Stammgäste im Club. Klaus war noch nie hier gewesen. Aber Gerd kam oft und war ein netter Kerl, jünger noch, immer großzügig, machte nie Ärger und hatte mit seiner positiven Lebenseinstellung schon oft zum guten Klima im Club beigetragen.

Sein Freund Klaus, so hatte er ihr gestern an der Bar erzählt, wäre gerade bei ihm zu Besuch. Vor einem Jahr wäre seine Frau mit einem Italiener durchgebrannt und hätte ihn von einem Tag auf den anderen ohne Angabe von Gründen einfach sitzen lassen. Von diesem Schock hätte er sich bis heute nicht erholt. Er säße nur noch apathisch zu Hause, ginge nicht mehr unter Leute, machte keinen Sport mehr und würde immer kontaktscheuer. Er, Gerd, wäre der einzige, der noch Zugang zu ihm hätte, auf den er wenigstens noch ein bisschen hörte.

Klaus bräuchte dringend mal wieder eine Frau. Eine, die ihm die Freuden des Lebens nahe brächte. Und dann hatte er Vera angeschaut und gesagt: „Du wärst genau die Richtige!" Erst war sie erschrocken, denn sie dachte schon, er meinte eine richtige Beziehung, aber dann hatte er ihr einen sehr großzügigen Betrag herüber geschoben und gemeint: „Lass ihn einmal alles loswerden!" Sie versprach ihm, ihr Bestes zu geben, alleine schon, weil sie Gerd einen Gefallen tun wollte. Später hatte er ihr noch gesagt, Klaus würde alleine kommen und schon ganz früh, sobald der Club um 17 Uhr aufmachte, um möglichst wenigen Leuten zu begegnen. Dann hatte er sich vertraulich zu ihr gebeugt und hinzugefügt: „Sei richtig streng mit ihm, das macht ihn total an, ich kenne ihn. Selbst wird er es aber nicht zugeben. So ist er eben."

Was die Schwierigkeiten von Kunden anbelangte, da konnte niemand Vera etwas vormachen. Sie kannte alle Hemmungen und jede Perversität, sie kannte Erektionsschwierigkeiten ebenso, wie Typen, die sich mit Viagra voll pumpten und dann glaubten, die Session würde solange dauern, bis ihr Dauersteifer wieder schlapp wurde. Da gab's dann schon mal Ärger. Aber hier im Club suchte man die Leute doch sehr sorgfältig aus und war darauf bedacht, die Polizei fern zu halten. Hin und wieder gab es dennoch amtliche Beschwerden, weil man hier im Villenviertel war und die Anwohner sich öfters belästigt fühlten.

Vera stand von der Bar auf und ging zu dem riesigen Spiegel gegenüber, vor dem sich die Sitzgarnitur befand. Auf ihr saßen die Mädchen, damit die Freier sie unverbindlich von der Theke aus betrachten konnten.

Sie prüfte ihr Outfit: ein schwarzes Lederkorsett, das die Brüste stark anhob, aber gerade noch die Brustwarzen bedeckte, und im Schritt aufknöpfbar war, dazu schwarze halterlose Strümpfe, die bis zur Hälfte der Oberschenkel reichten, und schwarze hochhackige Schuhe. Darüber hinaus trug sie schwarze Lederhandschuhe, die den halben Unterarm bedeckten. Eine Hand hatte in die Schlaufe einer Reitgerte gesteckt. Ihre dunklen Haare waren streng nach hinten gekämmt und dort zu einem Knoten zusammengebunden. Es war ihr Standard-Dress, wenn sie die dominante Rolle spielte.

Sie fand, dass sie gut aussah – sowohl für ihr Alter als auch berufsbedingt. Frauen, die in diesem Gewerbe nicht auf sich achteten, wirkten bald ziemlich verbraucht. Ihr konnte man außerhalb des Clubs nicht ansehen, welcher Beschäftigung sie nachging. Sie hätte genauso gut Geschäftsfrau sein können. War sie ja eigentlich auch, aber halt ein bisschen mehr noch. Sie war mit ihrem Beruf zufrieden.

In diesem Moment betrat ein junger Mann den Salon. Er sah in seinen alten Jeans und einem lappigen T-Shirt nicht unbedingt nach Veras Geschmack aus, aber die

Klamotten würden ja sowieso gleich fallen. Ansonsten wirkte er schlank, sportlich und trotz des Schlabber-Shirts sah man, dass er Muskeln hatte. Insgesamt machte er einen sympathischen Eindruck.

„Bist du Klaus?".

Er nickte. Dann stutzte er und sagte: „Woher wissen Sie das?"

„Schätzchen, merk dir gleich zu Anfang: Ich weiß alles! Wenn du das verinnerlichen kannst, vereinfacht es vieles!"

Er sah sie etwas merkwürdig an, hatte wohl nicht damit gerechnet, dass sie vom ersten Moment an keinen Zweifel an der Rollenverteilung ließ.

„Okay. Wohin?"

„Komm mit, ich zeig's dir!" Vera ging voraus den Flur entlang und öffnete eine Tür. Das Zimmer war rundum schwarz gestrichen, und auch Decke und Fußboden waren schwarz. Und selbst, wer noch nie eine Folterkammer gesehen hatte, wusste, dass es eine war. An den Wänden hingen Seile, Ketten und Peitschen, von der Decke baumelten Haken und Ledermanschetten, und an einer Wand stand in lebensgroßer Ausführung das, was man ein Andreaskreuz nannte.

„Hier?" fragte er mit ungläubiger Stimme.

„Ja, hier!" Und als er sich umdrehen wollte, um zurück zu gehen, schloss Vera die Türe, drehte den Schlüssel herum und zog ihn ab. „Und wir werden ungestört sein!"

„Hören Sie …"

„Ich höre gar nicht!" sagte Vera mit schneidender Stimme. „Ich habe hier das Sagen! Und jetzt weg mit dem T-Shirt!"

Das wirkte, er schüttelte nur mit dem Kopf und zog es aus. Das, was zum Vorschein kam, übertraf noch bei weitem Veras Erwartungen. Der Kerl hatte einen Spitzenkörper. Sie betrachtete ihn wohlgefällig.

„Darf ich jetzt …"

„Gar nichts darfst du, was ich nicht anordne. Hast du das immer noch nicht kapiert?" Vera nahm ihre Reitgerte jetzt fester in den Griff, ging entschieden auf ihn zu und drängte ihn Richtung Wand.

„Aber glauben Sie mir doch …"

„Jetzt reicht's!"

Vera schlug ihm mit der Reitgerte kurz, aber nicht allzu heftig gegen seine Brust.

Den Moment seiner Verwirrung nutzte sie, riss mit geübtem Griff seinen Arm hoch, schob sein Handgelenk in eine metallene Schelle und ließ sie zuschnappen. Während er erstaunt versuchte, seine Hand zu befreien, riss Vera auch den anderen Arm hoch, und noch bevor er sich wehren konnte, waren beide Arme nach oben gespreizt am Kreuz befestigt.

Vera betrachtete zufrieden ihr Werk und mit einer gewissen Erregung den nackten Oberkörper. Sie lächelte triumphierend, ging zu ihm hin und ließ ihre Finger im Lederhandschuh genüsslich über die Muskeln fahren und dann über seine harten Brustwarzen.

„Bitte …"

Seine Stimme klang jetzt eher kläglich, und wenn sie sich nicht täuschte, vibrierte sie auch ein bisschen. Dennoch unterbrach sie ihn barsch. „Noch ein einziges Wort, zu dem ich nicht ausdrücklich meine Erlaubnis gegeben habe, und du kriegst Nippelklemmen angelegt, an die ich ein ordentliches Gewicht hänge! Ist das klar?"

„Ja!"

„Ja, Herrin, heißt das in Zukunft!" Sie sah ihm ins Gesicht, er wirkte irgendwie total verstört. Vielleicht war sie doch zu ruppig vorgegangen. Vera entschloss sich, eine etwas ruhigere und anregendere Phase folgen zu lassen.

„Na, dann wollen wir uns doch mal das beste Stück ansehen." Sie öffnete seinen Gürtel und den Reißverschluss und ließ die Hose zu Boden fallen. Dann kniete sie sich nieder, zog seine Schuhe und Strümpfe aus und entfernte auch die Jeans. Er ließ alles widerstandslos mit sich geschehen. Gerd hatte recht, der brauchte etwas Zeit, aber sie war Profi genug, zu spüren, dass die Erregung einsetzte.

Er stand nur noch im Slip da. Dünner schwarzer Stoff, auf dem sich seine offensichtlich nicht unattraktive Männlichkeit deutlich abzeichnete. Als Vera vor trat, um danach zu greifen, fing er an, sich wie wild zu bewegen und mit den Füßen zu treten.

„Ach, wir haben noch zuviel Bewegungsfreiheit. Das lässt sich ändern!" Ihr Tonfall war gespielt süffisant, sie trat von schräg hinten an ihn heran, und bevor er recht wusste, was geschah, waren auch seine Beine fixiert. Vera richtete sich wieder auf.

„Wo war ich stehen geblieben? Ach, ja!" Sie griff erneut nach seinen Genitalien, und nun zuckte er mit dem Becken, aber nicht um sich zu wehren, sondern aus sichtlicher Erregung. Er war jetzt echt drauf. Sie strich durch den Stoff des Slips den Schaft entlang, massierte zärtlich seine Hoden und spürte zu ihrer Zufriedenheit, dass ihr Spielzeug rasch an Größe und Härte gewann. Als es richtig steif war, zog sie den Slip herunter und betrachtete sein ziemlich stolzes Teil, das stramm aufgerichtet stand. Zart schloss sie ihre Finger darum und fuhr sachte auf und ab. „Und du wirst keine Sekunde eher kommen, als ich es dir gestatte! Verstehen wir uns?"

In diesem Moment klopfte es an der Tür. „Vera, bist du da drin?"

„Ja, bin gerade beschäftigt!"

Es war Henry von der Bar. „Hier ist ein Klaus, der sagt, er habe eine Verabredung mit dir, er sei ein Freund von Gerd!"

„Moment mal!"

Vera eilte zur Tür, sperrte auf und ließ ihr Opfer in seiner unbequemen Haltung und offensichtlichen Erregung alleine. Als sie nach ein paar Minuten zurückkam, blieb sie im Türrahmen stehen. „Aber wieso haben Sie gesagt, dass Sie Klaus heißen?"

„Ich heiße Klaus, ich bin der neue Getränkefahrer, habe die Tour von Albert übernommen. Mein Laster steht seit einer halben Stunde vor Ihrer Tür!"

„Aber warum haben Sie nicht …" Vera unterbrach ihren eigenen Satz. „Sorry!" Sie ging auf ihn zu, zog als erstes den Slip hoch und verpackte sein edles Teil wieder, das in der Zwischenzeit einiges an Größe eingebüßt hatte. Dann löste sie die einzelnen Fesselungen. Als er frei war, massierte er sich die Handgelenke.

„Es tut mir wirklich leid, und es ist mir sehr unangenehm."

„Ach, ist schon gut!" Er sah Vera gerade an. „War echt eine neue Erfahrung, hätte ich mir ganz anders vorgestellt, und zuletzt war ich ganz schön in Fahrt."

„Aber mir ist das total unangenehm, ich weiß nicht, wie ich das wieder gut machen kann!" Vera klang wirklich zerknirscht.

„Na ja", hörte sie ihn sagen, „vielleicht kann man das ja irgendwann mal fortsetzen, nur nicht gerade, wenn ich ausfahren muss!"

„Würden Sie das wirklich wollen?" Sie sah ihn an und wusste die Antwort. „Okay," sagte sie. „Ich schulde Ihnen einen Abend im Club, inklusive allem. Wenn Sie möchten, dürfen Sie auch Ihre Freundin mitbringen." Er strahlte über das ganze Gesicht. „Danke! Aber ob ich letzteres will, weiß ich noch nicht."

Dann zog er sich an, und als er das T-Shirt überstreifte, sagte er: „Und nun zeigen Sie mir doch bitte noch, wo die Getränkekisten hin sollen!"

ALLES HAT SEINEN PREIS

Igor hatte beim Würfeln wahrlich kein Glück, zahlte gerade die fünfte Runde hintereinander. Aber er hatte ja dafür Glück in der Liebe. Irina, neben ihm, blond und füllig, war eine Traumfrau. So wie die ihren Körper drehen konnte und mit den Augen blitzen ... Karl ging das durch und durch. Und je betrunkener er wurde, desto weniger konnte er die Blicke von ihr lassen. Gott sei Dank war Igor so mit dem Würfeln beschäftigt, dass er nicht merkte, wie sie sich heimlich zulächelten. Und manchmal drückte sie sich auch unmerklich an ihn, so dass ihm heiß und kalt wurde.

Vor zwei Stunden, als er noch nüchtern war, hatten sie sich kennen gelernt. „Ich bin Igor, und das ist Irina und jetzt darfst du raten, wo wir herkommen!" „Aus Norwegen," hatte Karl geantwortet. Und in das Gelächter hinein hatte Igor doppelte Wodkas für alle bestellt. „Endlich mal ein intelligenter Mensch!"

Und dann hatten sie geplaudert über Russland, Gott und die Welt, bis sie feststellten, dass sie beide denselben Beruf ausübten: Kunsthändler. Igor war auf Ikonen spezialisiert, na ja, eben Russe. Aber er wusste alles. Und Irina war Restaurateurin, hatte ihm erklärt, wie man den Goldbesatz auf alten Gemälden auffrischte. Beide Vollprofis, das konnte Karl, der seit dreißig Jahren in der

Branche arbeitete, beurteilen. Sie waren auf der Durchreise und warteten auf einen Termin bei einem wichtigen Kunden. Karl kannte ihn, erste Adresse, wenn es um Kunstkauf ging.

Igor war die Vitalität selbst. Seine Augen flogen nach überall, und sein Lachen schien zur Kneipenluft zu gehören. Und als jemand an der Bar rief: „Wer hat Lust mit zu würfeln?", da zwinkerte er Karl zu und raunte: „Den machen wir jetzt fertig!" Aber daraus war bisher nichts geworden.

Als Igors Handy klingelte, war offensichtlich Herr Schlichtburger, der Kunstmäzen, dran. Igor sprach sehr freundlich und respektvoll mit ihm.

„Mensch, das ist ja wirkliches Glück, sofort einen Termin zu kriegen, Irina, trink aus, wir müssen los!" Sie leerte ihr Glas, stand vom Barhocker auf und schwankte sichtlich. „Liebster," sagte sie mit einem kaum merklichen Hickser, „ich glaube, ich bin betrunken!"

Für einen Moment schien die gute Laune Igor zu verlassen. Sein Blick verdüsterte sich. „Und nun? Was soll ich Herrn Schlichtburger sagen? Er hat extra nach dir gefragt, weil er deinen fachlichen Rat braucht." Statt einer Antwort, drehte sich Irina zur Seite, würgte und schien sich übergeben zu wollen. Das war Karls Stunde!

„Igor, du siehst doch, sie kann unmöglich mitkommen! Geh du alleine zu eurem Kunden und entschuldige

Irina, ich kümmere mich schon um sie. In welchem Hotel seid ihr untergebracht?"

„Maritim", knurrte Igor. Er hatte sich offensichtlich noch nicht wieder gefangen.

„Und sag Schlichtburger einen schönen Gruß von mir, wir kennen uns gut!" Karl schien plötzlich wieder nüchtern. Igor zog missmutig ab.

Es kam, wie es kommen musste. Karl brachte Irina ins Maritim, bestand darauf, sie bis auf das Zimmer zu geleiten.

„Ich muss mich frisch machen, warte hier!"

Sie blitzte Karl an, dass er eine Gänsehaut bekam. Als Irina aus dem Bad kam, trug sie einen roten Spitzen-Body, sonst nichts. Außer Parfum. Das blonde Haar war aufgelöst und hing bis zu den Brüsten, die durchschimmernd und einladend hin und her wogten. Die Rundungen um Bauch und Hüften, die festen Schenkel … Wäre er Maler, er würde die Versuchung genau so darstellen.

„Komm her," strahlte sie ihn an. „Du bist mein Held, du hast mich gerettet!"

Kurze Zeit später lagen sie auf dem Bett, Irina immer noch im Body, an dem Karl, inzwischen in Unterhosen, sich nicht satt sehen konnte. Noch einige Zeit später hatte Irina nichts mehr an und versuchte Karls gutes Stück zu beleben, das offensichtlich unter zuviel Alkohol litt. Gerade als Karl begann, auch physisch in Fahrt zu kommen, klingelte das Telefon. Er ahnte, was jetzt kommen musste … Es wäre auch zu schön gewesen.

„Er kommt. Er hat tolle Geschäfte gemacht. Er will mit uns feiern!"

Alles wollte Karl, nur das nicht. Und Igor hätte er auch nicht mehr in die Augen sehen können.

„Nein, nein, ich gehe!"

„Ach sei doch nicht so …!"

Irina drückte ihren nackten Körper an ihn, fuhr noch einmal mit der Hand zwischen seine Beine. Und dieses Mal war sie erfolgreich: Sein Schmuckstück stand.

„Komm doch wenigstens nach, wir sind wieder in derselben Kneipe! Bitte … Igor wäre sonst wirklich enttäuscht!" Und wieder schoss aus ihren Augen das Blitzen, das ihn wahnsinnig machte.

„Vielleicht später!" Der Frust in seiner Stimme war unüberhörbar. Er zog seine Hose an, knöpfte sein Hemd zu, gab der nackten Versuchung zum Abschied einen Kuss, wobei er seine Hände in ihren prallen Hintern grub, und verschwand.

Zu Hause angekommen, stellte er fest, dass er seine Schlüssel vermisste. Verdammt, die mussten ihm in Irinas Zimmer aus der Tasche gefallen sein. Hoffentlich hatte Igor sie nicht bemerkt. Er überlegte, ob er ins Hotel fahren sollte, aber da waren sie vielleicht gar nicht mehr. Er würde sie später in der Kneipe treffen. Jetzt

brauchte er erstmal eine Dusche. Er rief den Schlüssel-
dienst an. Als der freundliche Herr die Tür ohne große
Mühen geöffnet hatte, musste Karl sich festhalten: Es
gab keine Bilder mehr an den Wänden, keinen Kunstge-
genstand irgendwo ... so nackt hatte er seine Wohnung
noch nie gesehen!

Irina und Igor waren nicht in der Kneipe, sie hatten
auch bereits aus dem Maritim ausgecheckt, und Herr
Schlichtburger wusste von keinem Treffen. Er hatte den
ganzen Tag bis in den Abend hinein die Aufsichtsrats-
sitzung der Kulturstiftung geleitet.

SUMMER IN THE CITY

An diesem Samstag zum Einkaufen in die Stadt zu gehen war die reinste Strafe. Das Thermometer auf dem Balkon zeigte 32 Grad an. Es war der bisher heißeste Tag des Sommers. Dass es keine andere Einkaufsmöglichkeit mehr vor dem Urlaub gab, lag wieder einmal an Beas mangelnder Organisationsfähigkeit. Wie oft hatten sie sich schon deshalb gestritten! Marian kam nur mit, um den häuslichen Frieden nicht zu gefährden, und weil er wusste, dass Bea bei Bademoden ganz besonderen Wert auf sein Urteil legte.

Zwei Kaufhäuser hatten sie schon durchgekämmt, aber um diese Zeit des Jahres waren die guten Angebote wohl schon weg. Tröstlich nur, dass man sich nicht auch noch durch Menschenmassen zwängen musste. Die Stadt war wie ausgestorben.

Gähnend leer die riesige Sportabteilung von Hertie. Die Verkäuferinnen verkrochen sich irgendwo in die hinteren Winkel und wirkten mehr als lustlos. Wer hätte es ihnen verdenken können. Bea kam mit einem Badeanzug aus den Regalreihen und steuerte auf die Umkleidekabinen zu. Marian folgte ihr nach. Er stand im Gang zwischen den Kabinen, die alle unbesetzt und deren Vorhänge offen waren. Trotzdem verschwand Bea in einer der hinteren Zellen. Langsam schlenderte Marian dorthin, als er plötzlich eine Frau sah, die ihm bei offenem Vorhang den Rücken zudrehte, nackt bis auf einen Tangaslip. Sie stieg gerade in einen Einteiler. Und während Marian noch völlig verblüfft auf ihren fast nackten Hintern starrte, drehte sie sich zur Seite und zeigte ihre vollen Brüste. Und dann, während sie gerade in die Träger schlüpfen wollte, um sich endgültig zu verhüllen, sah sie Marian.

Er musste wohl sichtliches Erstaunen oder ehrliche Bewunderung für ihren Körper im Blick gehabt haben, vielleicht stand ihm auch einfach der Mund offen, jedenfalls lächelte die Frau, zwinkerte ihm fast unmerklich zu und schob dann den Vorhang vor. Allerdings nicht sehr akkurat.

Aus seiner Position konnte er sie weiterhin im Spiegel sehen. Sie schien dies nicht zu bemerken, betrachtete sich eine Weile, drehte sich und zog schließlich den Badeanzug wieder aus. Er konnte sie nun in voller Pracht im Tangaslip von vorne bewundern. Sie war dabei, ihren Rock und ihr Top anzuziehen, als Marian aus seiner Trance aufschreckte. Nicht etwa, weil ihm bewusst geworden wäre, dass das Objekt seines Voyeurismus nun gleich aus der Kabine treten und ihn damit als lästigen Spanner entlarven würde, nein, eine wohlbekannte Spannung in seiner Hose weckte ihn, eine spontane, knüppelharte Erektion.

Es sind die Momente, die verbal nur schwer wiederzugeben sind, weil sie im Inneren mehrdimensional, unbewusst und zeitgleich ablaufen. Marian erinnerte sich jedenfalls schlagartig, dass Sex in der Umkleidekabine eines Kaufhauses immer schon zu seinen ausgeprägtesten erotischen Fantasien gezählt hatte und dass er oftmals mit dieser Vorstellung onanierte, wobei er sich die jeweils passende Frau gleich dazu imaginierte. Es waren, wie gesagt, nur Bruchteile von Sekunden in denen mehrere starke erotische Impulse gleichzeitig auf ihn einwirkten.

In diesen Moment der Erregung hinein, hörte er Bea rufen: „Kommst du mal eben?"

Bea stand in einem schwarzen Einteiler, sah in ihr Spiegelbild und hatte einen höchst kritischen Gesichtsausdruck.

„Wie findest du ihn?"

„Na ja!" entfuhr es Marian, der noch nicht wieder in die Realität zurückgekehrt war.

„Nee, ich finde ihn auch nicht gut. Sitzt irgendwie nicht richtig!"

Marian stand hinter ihr, als sie das Ding wieder auszog. Auch Bea hatte zur Anprobe, wie es sich gehörte, ihren Slip an gelassen. Als sie den Badeanzug weglegte, um nach ihrer Kleidung zu greifen, zog ihr Marian mit einem Ruck von hinten diesen Slip herunter.

„Bist Du verrückt, was …" Weiter kam sie nicht. Marian hatte ihr von hinten die Hand vor den Mund gelegt.

„Ich bin gerade irrsinnig scharf auf dich. Ich muss dich jetzt nehmen!" Seiner Stimme, die direkt in ihr Ohr flüsterte, war die Erregung deutlich anzumerken. „Jetzt sofort. Bitte!"

„Du bist wahnsinnig, wenn jemand kommt!" Bea flüsterte nun auch ängstlich erregt: „Nein …!"

„Ach, was! Ist doch niemand hier, und außerdem ist der Vorhang zu!" Marian hatte seine Hose geöffnet, sie ein Stückchen heruntergeschoben und sein Prachtstück – es verdiente in diesem Moment den Namen wirklich – aus der Unterhose befreit.

Er zog Beas Pobacken auseinander, um von hinten in sie eindringen zu können, aber irgendwie klappte das nicht, der Winkel stimmte nicht. Er versuchte mehrfach vergeblich, die richtige Stellung zu finden. Da beugte Bea sich vor und streckte ihm ihr Hinterteil entgegen. Sie stemmte die Arme dabei gegen die Kabinenwand. Als Marian in den Spiegel schaute, begegneten sich für einen kurzen Moment ihre Augen.

Und noch bevor er in ihre feuchte Spalte eindrang, wusste er, dass auch sie plötzlich Feuer fing.

Er kannte ihren Blick, wenn sie richtig geil war. Und es war lange her, seit er ihn zuletzt gesehen hatte. Er griff von hinten ihre nackten Brüste, drückte sie und klammerte sich gleichzeitig daran fest, um kraftvoll zustoßen zu können.

Es war ein klassischer Quicky. Schon nach wenigen Augenblicken ging ihr Atem heftig und stoßweise, sie drückte ihren Arsch gegen ihn und kreiste vehement hin und her. Als er merkte, dass es bei ihm gleich so weit wäre, hörte er ihre raue Stimme: „Los, komm!"

Er presste sie mit aller Kraft an sich, und sie stöhnten beide schwer atmend auf, ohne große Rücksicht auf das Ambiente zu nehmen.

Als alles vorbei war, hielt er sie noch eine Weile von hinten umschlungen. Sie sahen sich einen Augenblick lang im Spiegel an, dann drehte Bea sich um, gab ihm einen Kuss auf den Mund und begann sich wortlos anzuziehen. Und auch Marian verstaute alles wieder an den richtigen Platz, zog die Hose hoch und machte den Gürtel zu.

Den Kabinengang gingen sie entlang, indem sie jeweils den Arm um die Hüfte des anderen legten, wie zwei frisch Verliebte.

Einer Verkäuferin, die in der Nähe stand, drückte Bea den Badeanzug mit einem „Danke!" in die Hand. In deren Blick glaubte sie für einen Moment Erstaunen und Neugier zu erkennen, aber sicher war sie sich nicht. Vielleicht war das auch ihr ganz normaler Geschäftsblick.

Aber was war schon normal an einem heißen Samstagnachmittag wie diesem.

BLOW JOB

Schon als Klaus Kliensmann noch Kläuschen Kliensmann war, war er anders als die anderen. Während diese vom Hochstuhl aus beherzt nach Plastikautos griffen, patschte er beim Anblick von Staubsaugern vor Vergnügen in die Händchen. So war es nicht verwunderlich, dass das erste Wort, das er sprechen konnte, Taubsauger war – lange vor Mama und Papa. Während ein paar Jahre später die Schulkameraden Hochglanzbildchen von Sportwagen tauschten und sich gegenseitig mit dem Wissen um PS, Hubraum und Drehzahlgeschwindigkeit zu übertrumpfen versuchten, konnte er alle Staubsaugermodelle von A wie Aero-Smith bis Z wie Zanussi und deren Saugleistung, Stromstärke und Filtervolumen auswendig herunterleiern.

So lag es nahe, dass Klaus Kliensmann nach der Schule eine Ausbildung zum Einzelhandelskaufmann in einem Elektrofachbetrieb machte. Wenn seine Kollegen in der Freizeit die Kotflügel und Motorhauben ihrer Autos tätschelten und beim Anblick von Alufelgen in Erregung gerieten, strich er über Staubsaugergehäuse und betrachtete mit großen Augen die Ansaugstutzen.

Nun, mit Mitte dreißig, war er zwar noch unverheiratet, jedoch am Ziel seiner beruflichen Wünsche angelangt. Er hatte ein kleines, aber feines Serviceunternehmen aufgemacht. Saugen, blasen, dampfreinigen und schäumen – dafür stand er mit seinem guten Namen. Clean, cleaner, Kliensmann!

Wie schön doch das Leben sein konnte! Die Business-Weibchen, die seine Dienste in Anspruch nehmen wollten, standen Schlange. Klaus Kliensmann kümmerte sich ja wirklich auch um jeden Dreck. Kein Staubkorn, kein Hundehaar, nicht die kleinste Fluse war vor ihm sicher. Wie ein Zyklon wirbelte er durch Lofts und Dachterrassenwohnungen, drang bis in den letzten Winkel vor und kriegte alle Ritzen sauber.

Jeder Tag bescherte ihm ein neues Saugvergnügen. Montag bediente er den Dyson DC21 Motorhead bei Frau Dr. Mösenlechner – ein revolutionäres Ding, ganz ohne Filter und Beutel. Dienstag ließ er den Dirt Devil bei Frau Jeannée raus. Mittwoch lief der Nilfisk Buddy 18 bei Frau Hillebrandt heiß. Donnerstag brachte er den Zanussi Formula Uno von Frau Schöneberger auf Touren. Freitag machte er mit dem Hoover Ready-Steady-Blow bei Frau Hempel unterm Sofa rum. Und Samstag war er mit dem Vorwerk Kobold, ein österreichisches Qualitätsprodukt, bei Frau von Waltershausen zugange.

Ein Genuss für Kenner! Im Handel war der Kobold längst nicht mehr erhältlich. Frau von Waltershausen hatte den begehrten Klassiker bei einer Sothebey's zum

Höchstpreis ersteigert. Der Kobold bestach nicht nur durch seine Formschönheit, sondern auch durch seine technischen Raffinessen. Der Ansaugstutzen hatte nur eine Länge von 11 cm und einen Durchmesser von 3,5 cm. Ja, ja, der Mann wusste, worauf es ankam!

Frau von Waltershausen war bereits außer Haus, als sich Klaus Kliensmann zum wöchentlichen Großreinemachen anschickte. Diensteifrig nahm er den kleinen Kobold aus dem Schrank. Wie schön ihn doch sein metallicgrünes Gehäuse anstrahlte! Er gab ihm einen Klaps auf die hintere Klappe. Als er den Schlauch in den Ansatzstutzen stecken wollte, blieb sein Blick länger als sonst auf der Öffnung hängen. Ein wohliger Schauer überzog ihn. Und dann tat endlich er, was er schon immer hatte tun wollen. Er zog den langen Reißverschluss seines Blaumanns auf, holte sein schlaffes Glied heraus und steckte ihn in den Stutzen. Dann drückte er auf die Einschalttaste.

Gott, wie ihn das anturnte! Angenehme Wärme umspielte seinen Schwanz. Durch den Unterdruck zusammengepresst schwoll er zu nie gekannter Größe an. Das enge Rohr gab keinen Millimeter nach. Während Klaus Kliensmann in freudiger Panik auf den Orgasmus seines Lebens wartete, touchierte seine Eichel mit den Rotorblättchen des Staubsaugermotors. Mit allem hatte Klaus Kliensmann gerechnet, nur damit wirklich nicht.

Im Krankenhausbefund stand zu lesen: Praeputium zerfetzt, Frenulum abgerissen, multiple Einrisse der Glans penis, besonders links bis zur Kranzfurche reichend. Klaus Kliensmann wusste zwar nicht, was all das bedeutete, aber er wusste eines: Es klang nicht nur schrecklich, tat auch höllisch weh.

Nachdem die Verletzung nach sechs Wochen endlich verheilt war und nur mehr zweiundzwanzig winzigkleine Nähte an der Schwanzspitze an das Abenteuer erinnerten, schwor Kliensmann dem rabiaten Kobold ab.

Beim nächsten Mal, so nahm er es sich fest vor, wollte er die hautschonende Lewinsky-Methode ausprobieren.

NICHTS ALS TRÄUME

Volker wachte auf. Dabei wollte er gar nicht, vielmehr versuchte er in den letzten Traum zurückzukehren. Es war gerade höchst erregend gewesen. Irgendetwas Angenehmes, Geiles hatte ihn intensiv eingenommen. So sehr er sich mühte, die Bilder des Geschehens kamen nicht zurück.

Nicht ganz, er hatte eine ordentliche Morgenlatte, wohl auch die Ursache des Traums. Schemenhaft erinnerte er sich. Da war eine Frau gewesen, die er kannte. Und gerade sollte irgendetwas Wunderschönes passieren. Aber was war es gewesen? Je mehr er sein Gedächtnis anstrengte, desto weiter schien plötzlich alles weg zu sein und überlagert durch andere Bilder.

Volker drehte den Kopf zur Seite. Karen war schon aufgestanden. Er schloss die Augen und fasste nach seinem steifen Glied, vielleicht in der vagen Hoffnung, dadurch die ersehnte Rückkehr in die andere Welt zu schaffen. Aber es gelang ihm nicht, und so stand auch er auf und ging unter die Dusche.

Dem ersten Patienten, einem komplizierten Neuzugang, dessen psychiatrische Behandlung vom Gericht verordnet wurde, folgte Frau Gerlinger, eine füllige Dame Ende vierzig, die schon seit langem bei ihm in therapeutischer Behandlung war. Sie war mit einem reichen Geschäftsmann verheiratet, den sie „mein Herrmann" nannte, der aber offensichtlich etliche Nebenbeziehungen hatte und sie dementsprechend vernachlässigte. Eine Scheidung schloss sie völlig aus. „Niemals soll er freie Bahn für seine Weiber haben!" Und Herrmann seinerseits hatte wohl auch mal durchkalkuliert, was eine Scheidung für ihn finanziell bedeutete, und sich offensichtlich für den Status Quo entschieden.

Die Therapiesitzungen drehten sich fast ausschließlich um ihre Sexualität – je nach biologischem Zyklus mal mehr depressiv oder mal mehr aggressiv. Heftigste Tränenausbrüche kannte Volker zur Genüge, und mehrmals hatte er sie schon daran hindern müssen, sexuell handgreiflich zu werden, sowohl gegen ihn wie gegen sich selbst.

„Wer war denn der Mann, der gerade bei Ihnen herauskam, Herr Doktor?"

„Ein neuer Patient."

„Ist er verheiratet?"

„Sie wissen doch, dass ich darauf keine Antwort geben darf."

Welche Frau könnte es denn mit dem auch aushalten, wollte er noch anfügen, unterließ es aber.

„Wie der mich angesehen hat!"

Wie denn, wollte er schon fragen, verkniff es sich aber

gerade noch, weil er die Antwort fürchtete. Aber das war völlig unnötig, sie erklärte es selbst.

„Also der hat mich mit seinen Blicken total ausgezogen!"

Aha, der Biorhythmus schien heute eindeutig festgelegt.

„Ich spür' so was sofort!"

Er beschloss erstmal keine Kommentare zu geben.

„Und der wollte mich auch anfassen! Sie, der war mit der Hand schon hier!"

Zur Bekräftigung hielt sie ihre roten Fingernägel knapp über den gewaltigen Busen.

„Na ja, aber Gott sei Dank ist ja nichts passiert!" lenkte Volker ab, der ahnte, wohin es führen könnte. „Wie ist es Ihnen denn ergangen, seit unserer letzten Sitzung?"

„Ach, Herr Doktor, der Traum …"

„Welcher Traum?" Ihm war nicht wohl bei dieser Frage, aber die musste er stellen.

„Dieser Kerl, der über mich herfällt. Ich komme aus dem Haus, es ist dunkel und niemand mehr auf der Straße und da springt er aus einer Hecke, packt mich, wirft mich zu Boden, reißt mir das Kleid auf und greift mit seinen riesigen Händen …"

Plötzlich versank Volker in sich selbst …

Da war er wieder! Der Traum von heute morgen!

Er ging durch einen Park, es war Sommer und viele lagen auf dem Rasen und sonnten sich. Er wollte irgendwohin, da sah er hinten an einem Gebüsch eine dicke nackte Frau liegen, sie winkte ihm zu und erst wusste er gar nicht, ob sie überhaupt ihn meinte und was sie wollte. Aber dann wurde ihm schlagartig klar, dass sie ihn mit eindeutiger Absicht zu sich einlud, ja, dass sie ihn offensichtlich richtig begehrte, und das hatte ihn unglaublich erregt.

Auch jetzt wieder …

Er blickte kurz auf und sah, dass Frau Gerlinger mit geöffneter Bluse und nackten Brüsten dalag. Sie hatte den Rock hochgeschoben und war eben im Begriff, ihr Miederhöschen zu entfernen.

Volker registrierte es, gab aber keinerlei Reaktion von sich. Diesmal würde ihn nichts aus diesem Traum herausholen, diesmal würde er ihn bis zu seinem süßen Ende auskosten. Rasch öffnete er seine Hose und griff nach seinem steifen Glied.

Er überhörte ein sachtes Klopfen an der Tür, und er überhörte auch ein stärkeres zweites Klopfen. „Sorry, dass ich störe, aber ich muss dringend …" Erst als er Karens Stimme vernahm, schaute Volker auf und sah in ein entsetztes Gesicht, das sofort wieder hinter der Türe verschwand, die krachend ins Schloss fiel.

ROSMARIN

Was war das doch für eine verrückte Idee, hierher zu kommen, nach all den Jahren!

Da sitzt sie nun in dem kleinen Straßencafé nahe dem Blumenmarkt, mit angewinkelten Ellbogen, eingeklemmt zwischen geschwätzigen, schwitzenden Touristen, die dem Kellner „Ein Cafe olé, aber flott!" hinterherrufen und dabei dümmlich lachen, und fühlt sich ein klein wenig verloren. Mit wehender Schürze und vollem Tablett balanciert der Garçon zwischen den Tischchen hin und her – wie ein Slalomläufer durch die Torstangen. „Madame desirez?"

Als sie das letzte Mal hier war, hatte der hübsche Kerl vermutlich gerade die ersten Klimmzüge in seinem Laufställchen gemacht, und sie war mit ihren streichholzkurzen Haaren und den ausgebleichten Hot Pants über jeden Verdacht erhaben gewesen, jemals eine Dame zu werden. Heute ist sie vom „Mademoiselle" schon meilenweit entfernt, sie ist zumindest berufsbedingt eine Respektsperson, Mittelschullehrerin auf Klassenfahrt. Heute will sie den freien Nachmittag nützen, um der Zeit ein Schnippchen zu schlagen, sie einfach um dreißig Jahre zurückzudrehen.

Der Kellner stellt den georderten Aperitif auf den Tisch. Sie nippt am Zucker umflorten Glas. Wenigstens der

Americano schmeckt noch so wie damals, denkt sie, und wirft schon wieder einen hastigen Blick auf die Uhr.

Wo er nur bleibt!

Ob es nicht doch falsch war, ihn anzurufen? Falsch, hierher zukommen?

Plötzlich ist die Erinnerung wieder da, zum Greifen nah. Sie war gerade achtzehn, als sie einen Sommer lang in Nizza bei der Familie Bertrand als au pair-Mädchen arbeitete und dort Klein-Helène in Windeln legte und im Kinderwagen auf der Promenade des Anglais spazieren führte. Georges war der älteste der drei Söhne. Er war dreiundzwanzig, hatte abgrundtiefe Augen, eine Stimme wie Blue Velvet und wusste schon eine ganze Menge vom Leben.

Wie man unregelmäßige französische Verben konjugiert zum Beispiel, wer Matisse und Chagall waren und wie man mit fünf Gitarrenakkorden und ein paar locker hingesagten Zitaten von Boris Vian ein blauäugiges, junges Mädchen beeidrucken konnte. Ja, und wie das mit der Liebe geht, das wusste er auch schon. Da war sie sich ganz sicher!

Ach, Georges, wo bleibst du nur?, denkt sie mit klopfendem Herzen.

Ob sie ihn überhaupt wiedererkennen wird?

„Garçon, noch einen Americano, bitte!"

Einen Herzschlag später sitzt sie wieder mit Georges im Garten hinter der Villa, zwischen Lorbeer, Lavendel und wildem Thymian, hält ihn fest umschlungen und hört den Zikaden beim Zirpen zu. So wie damals.

„Weißt du eigentlich, wie Rosmarin schmeckt?"

Was für eine glückliche Fügung, dass ihr damaliges Wissen, was Küchenkräuter betraf, über Schnittlauch, Petersilie und Liebstöckel nicht hinausging.

Er steht auf, bricht einen kleinen Zweig vom Strauch und reißt zwei der spitzen Blättchen ab. „Hier, Marie!" Das eine Blatt steckt er ihr, das andere sich selbst in den Mund.

„Jetzt langsam kauen, aber nicht schlucken!"

Nicht nur in diesem Alter tun Frauen mitunter die komischsten Dinge, wenn der geliebte Mann sie darum bittet. Eine wohlige Schärfe breitet sich in ihrem Mund aus, ein Geschmack, den sie nicht gekannt hat, den sie aber nie wieder vergessen wird.

„Und jetzt küss' mich!"

„Marie? Bist du es?"

Sie schreckt hoch und schaut in Georges' Augen.

„Es tut mir leid, mon puce, dass ich mich verspätet habe. Kannst du mir verzeihen?"

Ohne eine Antwort abzuwarten, küsst er sie zärtlich auf beiden Wangen.

„Übrigens: Ich habe dir etwas mitgebracht! Voilà!"
Mit großer Geste legt Georges ein Sträußchen Rosmarin auf den Tisch. Dabei grinst er über das ganze Gesicht. Und ist kein bisschen verlegen dabei.

THOSE WERE THE DAYS, MY FRIEND

Es war einer jener flirrenden Sommer, in denen wir ständig unterwegs waren, bestreikten die Uni, schrien Parolen gegen den Vietnamkrieg, eroberten den Grunewaldsee für das Nacktbaden und hingen nachts in den Szene-Treffs rum und tanzten. Die Zeit verging von einem Joint zum nächsten, aber wir hatten immer noch genug Kondition, um vor den Bullen davonzukommen. Pink Floyd explodierte in unseren Köpfen, wir waren in allen möglichen Zirkeln zugange, mal Anarchie, mal Happening, mal Musik, mal einfach nur Freak sein. Hauptsache dabei und mit Leuten. Die Frauen hatten sich gerade von ihren BHs befreit, die Pille war ein Haushaltsartikel, und die Moral irgendwohin aufs Land geflohen. Je intensiver eine Love-Story, desto kürzer war meist ihre Dauer. Ihren Beginn markierten oft unsägliche Dialoge in der U-Bahn oder im Nachtbus.

„Wo willst'n hin?" „Weiß noch nicht!" „Wollen wir irgendwas zusammen machen?"

„Okay. Why not!"

Solche Verbindungen konnten eine ganze Nacht halten, manchmal sogar länger, aber manchmal auch nur bis zur nächste Kneipe.

Sie war mit irgendwelchen Leuten in unsere Wohnung gekommen, aber die waren schon wieder weg. Ich wusste nicht recht, was ich wollte und auch nicht, was sie wollte. Musste ich auch nicht. Wohnungen waren so etwas wie Gemeinschaftsbesitz. Häufig befand man sich über Stunden in Räumlichkeiten, ohne die Besitzer zu kennen oder dort anzutreffen. Wahrscheinlich waren sie gerade abwesend und ihrerseits in Wohnungen, wo es ihnen ebenso ging.

Sie war neu in Berlin. Kam irgendwo aus Norddeutschland, vermutlich vom Lande. Scheu sah sie sich in meinem Zimmer um. Das berühmte Portrait Che Guevaras überdimensioniert an die eine Wand gemalt, an der Decke riesengroß mein Geburtshoroskop, das obligatorische, selbst gezimmerte Bücherregal, die riesige Matratzenspielwiese am Boden, daneben Stereoanlage und Boxen und als weiterer Wandschmuck, weibliche Akte fotografiert in Schwarz-Weiß, vornehmlich Man Ray. Wir tranken Tee, und eigentlich wollte ich sie los werden, weil Gerda vielleicht noch vorbeischauen würde. Und auf Gerda war ich gerade scharf. Als ich den Joint hinüberberreichte, zögerte sie merklich, zog aber dann kurz und pustete den Rauch gleich wieder aus.

So ging das mehrere Male. Zeit existierte nicht. Die Sonne knallte auf die Sorauerstraße. Gegenüber lagen Rentner auf Kissen gestützt in den Fenstern und blickten auf die heiße Öde eines Samstagnachmittags Ende Juni. Ich legte eine Platte von Lou Reed auf. Ohne, dass wir miteinander redeten, merkte ich, wie wir uns näherkamen. Nicht körperlich. Wir blickten uns in die Augen. Ganz ohne Scheu. Und ohne den Zwang, irgendwann wegschauen zu müssen. Im Gegenteil. Wir begannen miteinander durch die Augen zu sprechen. Ihre waren wunderschön. Ruhig. Tief. Furchtlos. Und ich weiß auch noch, was wir miteinander sprachen … dass wir uns schön fanden … dass sie die ewige Frau war und ich der ewige Mann … dass es egal wäre, was um uns herum geschah, solange wir nur zusammen wären. Wir kannten uns seit Äonen und würden zusammen verharren bis in die nächste Ewigkeit, und die war noch weit.

Als Lou Reed sein „Good night, Ladies" beendet hatte und Stille in den Raum platzte, flohen unsere Träume wie scheue Tiere. Das Band der Blicke wurde durchtrennt. Was blieb, war ein Vibrieren in der Luft und die Sehnsucht zusammen zu bleiben.

„Ich muss in die Stadt, " sagte sie. „Kommst du mit?"

„Ja!", nickte ich und stand auf, um eine andere Jeans anzuziehen.

Und da wir keine Geheimnisse mehr vor einander hatten, zog ich mich vor ihr um und tat das, was ich auch sonst manchmal tat: Ich stieg in die Jeans ohne Unterhose. Sie bemerkte es, sah mich belustigt fragend an. Ich zuckte die Schultern, lächelte wie ertappt. Sie machte eine Geste, als wolle sie ihren Slip auch ausziehen und sah mich dabei fragend an. Wir brachen gleichzeitig in Gelächter aus, kriegten uns lange Zeit nicht mehr ein. Wieder kontrolliert, sagte ich: „Du traust dich nicht!". Sie blitzte mich an, ein abenteuerlustiges Funkeln in den Augen, streifte unter dem Rock ein rosa Höschen ab und stopfte es in ihre Handtasche.

Mit der U-Bahn fuhren wir Richtung Stadt, fest gewillt, uns hinzugeben an unser Begehren und den herannahenden Samstagabend.

GUT GEGEN WECHSELJAHRE
(Ein Cyber-Märchen)

Schon hundert Mal hat sie die Szene im Kopf durchgespielt: Maxim kommt durch die gläserne Flügeltür, durchquert die Hotellobby und geht mit schlafwandlerischer Sicherheit auf sie zu.

„Malou?"

Seine Stimme klingt mehr wissend, als fragend. Sie nickt und springt aus dem Ledersessel hoch. Schweigend fallen sie einander in die Arme. Erst eine gefühlte Ewigkeit später lösen sie sich aus der Umklammerung. Dann sagt er atemlos: „Unter Tausenden hätte ich dich erkannt." Seine Lippen streifen ihren Nacken.

„Komm!", haucht sie und führt ihn an der Hand auf ihr Zimmer.

Heute soll ihr Kopfkino Wirklichkeit werden. Heute trifft sie Maxim zum ersten Mal. Maxim! Wie viel unerfüllte Sehnsucht liegt in diesem Namen. An ihre erste virtuelle Begegnung kann sie sich noch gut erinnern, so, als wäre es gestern gewesen, und nicht ein knappes Jahr zuvor. Sie hatte Nachtdienst und langweilte sich ein wenig. Kaum Kunden, obwohl sich schon novemberliches Grippewetter in der Stadt breitgemacht hatte, dazu ein miserables Fernsehprogramm. Kurz nach Mitternacht hatte sie den Laptop eingeschaltet. Sie war müde, aber noch nicht müde genug, um sich schlafen zu legen.

Surfen im Internet hatte aber noch immer eine sedierende Wirkung auf sie gehabt.

Sie kann sich nicht mehr erinnern, wie sie in diesen Erotik-Chatroom geraten war. Sie weiß nur, dass sie mit einem Mal wieder wach war. Hellwach sogar. Ob ich das auch einmal versuchen soll?, dachte sie neugierig. Und wie funktionierte das eigentlich? Mit nervösen Fingern loggte sie sich unter dem Namen Malou ein. Malou – das klang, so fand sie, nach „Stille Tage in Clichy", nach einem Hauch von Verruchtheit und heimlichen Abenteuern und kein bisschen nach Thomapyrin, Sagrotan und selbstlöslichem Blasentee. Im Geiste zog sie ihren weißen Kittel aus, warf ihn im hohen Bogen in den Treteimer und die korrekte Frau Dr. Marie-Louise Bleichinger hinterher. Nun musste nur noch Henry Miller um die virtuelle Ecke biegen.

Und da war er plötzlich: Maxim!

Ein paar freche Sprüche, die sie kokett mit feiner Klinge parierte – und plötzlich hing ein ungekannter Zauber über ihrem Flatscreen. Maxim lud sie in ein Separee, ein virtuelles Plätzchen, wo sie sich ungestört von den anderen Chattern miteinander unterhalten konnten. Die ganze Nacht lang flogen die Sätze hin und her. Sie „redeten" über Gott und die Welt, das Leben und die unerfüllten Träume und Mittel gegen Augenringe nach durchchatteten Nächten.

„Niemand, wenn er auch noch soviel besitzt, kann ohne Sehnsucht bestehen. Die wahre Sehnsucht aber muss gegen ein Unerreichbares gerichtet sein", schrieb er.

„Stammt das von dir?" fragte sie.

„Naja, eigentlich hat Goethe das Cpoyright darauf, aber ich habe ihm den Spruch einfach geklaut. Für dich, Malou! Du verpetzt mich nicht?"

Von diesem Augenblick wusste sie: Sie wollte ihm nahe sein, ihm, seinen Gedanken, seinen Worten, seiner Seele. Von diesem Augenblick konnte sie ihren Nachtdienst kaum erwarten, was ihren Mann zwar verwunderte, aber keineswegs stutzig machte. Richard war so anders als ihr Maxim, ein vernunftbegabter Techniker, bei dem sich die Leidenschaft und die Träume in den letzten zwanzig Ehejahren verflüchtigt hatten wie Kampfergeist. Wenn sie den Patientinnen, die an Migräne und Wechseljahrsbeschwerden litten, nächtens Q10 und Johanniskrautpastillen über das Verkaufspult reichte, hätte sie am liebsten hinzugefügt: Versuchen Sie es doch mal mit einem Erotik-Chat. Rezeptfrei bei jedem Internetprovider! Entlastet obendrein die Krankenkassen! Manchmal quälte sie das schlechte Gewissen, aber nur manchmal. Schließlich profitierte ja auch Richard von ihrer guten Laune und ihrer neu erwachten Lust am Leben.

War es Bestimmung oder war es Zufall, dass sie ein Apotheker-Kongress genau zum gleichen Zeitpunkt nach Wien geführt hatte, an dem Maxim hier eine Schmuckausstellung vorbereitete? Dass sie jetzt in der Hotelhalle des Hotels Imperial saß und mit klopfendem Herzen auf ihn wartete?

„Zimmer 219. Hier sind wir", sagt Malou, steckt die Keycard in den Schlitz und öffnet die Tür.

„Maxim, was machst du da?"

Er hat sie ohne Vorwarnung mit der einen Hand an den Schultern, mit der anderen Hand unter den Knien gepackt, hebt sie hoch und trägt sie über die Schwelle, während er mit dem linken Fuß die Türe von innen zustößt. Sanft legt er die süße Last auf das Bett. „Schau, was ich dir mitgebracht habe!" Maxim drückt Malou eine kleine Schachtel in die Hand.

„Oh, sind die aber schön!" Sie nimmt die Clips heraus und hält sie an die Ohren. Es sind zwei lang gezogene Deltaoide aus mattiertem Silber. „Ich habe sie selbst entworfen und für dich angefertigt. Aber bevor du sie anprobierst, lass uns endlich das tun, wonach wir uns solange gesehnt haben", sagt Maxim mit rauer Stimme.

Am nächsten Tag hängt zu Mittag noch immer das Schild „Bitte nicht stören" am Türknauf. Als das Zimmermädchen klopft, antwortet niemand. Auch auf ihr heftigeres Pochen kommt keine Antwort.

Vorsichtig sperrt sie die Tür auf, zögerlich betritt sie das Zimmer. Der Blick fällt auf das zerwühlte leere Bett und auf die am Boden verstreuten Kleidungsstücke. Auf dem Laken liegen die silbernen Ohrclips. Das Fenster ist fest verschlossen. Nirgendwo eine Spur von Maxim und Malou, auch nicht im Badezimmer. Wo sind sie nur geblieben?

Der Hotelmanager kann sich die Sache nicht erklären, und auch die alarmierte Kriminalpolizei steht vor einem Rätsel. Wer hätte auch ahnen können, dass sich Malou und Maxim aus lauter Liebe einfach aufgefressen haben.

DIE UNGEHEURE SCHWERE DER REALITÄT

Sie sah hübsch aus. Man konnte es an ihrer Kleidung erkennen, dass sie gut situiert war. Und Geschmack hatte sie auch. Das Blau des Kostüms war mit dem T-Shirt abgestimmt. Die Kombination alleine war schon exquisit. Vermutlich war sie beruflich unterwegs. Sie las ein Buch von Doris Lessing, reagierte also prompt auf den Literatur-Nobelpreis. Die Bahnhofsbuchhandlungen quollen derzeit über mit deren Titeln. Von ihrem Alter her könnte sie „Das Goldene Notizbuch" gelesen haben, als es noch das Kultbuch der Frauenbewegung war. Er verband damals das politisch linke Gedankengut mit der Suche nach der Neupositionierung der Frau in der Gesellschaft. Er hatte es bis zur Hälfte gelesen, dann war ihm der Wälzer doch zu dick gewesen.

Sie trug einen Goldring mit blauem Stein, vermutlich einem Saphir, keinen Ehering. Würde auch irgendwie nicht zu ihr passen. Aber wahrscheinlich hatte sie dennoch eine Ehe oder längere Beziehung hinter sich. Ob sie erwachsene Kinder hatte? Schwer zu sagen. Wie alt mochte sie sein? Anfang fünfzig? Sie schminkte sich dezent, aber ein bisschen Retusche war auch dabei. Nicht viel. Sie hatte eine glatte Haut mit weichen Falten. Keinen verhärmten Gesichtsausdruck. Kleine Lach-falten im Gesicht. Entweder hatte sie mit dem Leben, so wie es ihr begegnete, Frieden geschlossen oder sie hatte von Haus aus eine glückliche Natur.

Sie hatte offensichtlich bemerkt, dass er sie heimlich betrachtete. Da half auch nicht, dass er gleich wieder in die Zeitung blickte, so als wäre nichts, oder zum Fenster hinaus sah, um vorzugeben, er träumte in die Landschaft. Sie hatte einen schnellen Blick. Als sich ihre Augen zum ersten Mal für Sekundenbruchteile trafen, war es ein blitzartiges Mustern gewesen. Beim zweiten Mal dann eher eine analytische Frage. Was will er von mir? Ist das einer, der mich jetzt gleich voll quatschen wird? Mir meine Ruhe nehmen will? Ein Langweiler, der mir selbst überzeugt und breit erzählt, was für ein toller Hecht er ist?

Täuschte er sich oder war ihre Abwehr schon mal präventiv in Stellung gegangen?

Wobei sie nur nicht glauben sollte, dass er kein Risiko einging. Sicher, er war durch den Zug gegangen und hatte sie sich als sein Gegenüber bewusst ausgewählt. Er machte das öfter so, ging einfach den Waggon entlang, schaute in die Abteile und wartete darauf, irgendein inneres Signal zu spüren. Aber Täuschungen waren dabei keineswegs ausgeschlossen. Eisenbahnen waren ein gefährliches Pflaster. Die vermeintlich in sich selbst ruhende Dame, bei der dann plötzlich alle Dämme der Zurückhaltung brachen, war ihm keineswegs unbekannt. Und nirgendwo stand geschrieben, dass immer der Mann der initiative Teil sein musste.

Aber keine Angst. Bei ihm konnte sie sicher sein. Er würde höchst vorsichtig vereinzelt Klänge anschlagen und warten, ob von ihr Echos kämen. Und sie konnte sich darauf verlassen, wenn er merkte, dass sie nicht interessiert war, würde er sofort damit aufhören. Eroberungen wider Willen waren nicht mehr sein Ding. Entweder wollten beide das gleiche, oder man ließ es einfach. Erotik und Anziehungskraft konnte man nicht herbeizwingen. Sie waren da oder eben nicht. Und so etwas entwickelte sich ganz rasch. Irgendwo hatte er mal gehört, es seien die ersten zwanzig Sekunden einer Begegnung, in der sich alles entscheide.

Die waren inzwischen definitiv rum. Und? Er fand sie höchst attraktiv. In allem. Ihr Äußeres, ihre Körpersprache, die gesamte Ausstrahlung. Und sie verstand es, ihrer Anziehungskraft auch noch nachzuhelfen. Mit der Perlenkette zum Beispiel. Oder mit ihrem Parfüm. Wenn sie wüsste, welche Wirkung das bei ihm hinterließ. Es betörte ihn schon, seit er ihr gegenüber saß. Und wenn sich ihre Augen das nächste Mal begegneten, würde er ihr blitzschnell signalisieren, dass er sie schön fand.

Er hatte schon wieder zu ihr herüber geschaut, gab aber vor, die Zeitung zu lesen. Immerhin die ZEIT und nicht die Bild-Zeitung. Sie war boshaft. Er sah wirklich nicht ungebildet aus. Akademiker vermutlich. Lehrer? Nein, dazu war er zu gut angezogen. Und was sollte ein Lehrer an diesem Vormittag im Zug, es waren keine Ferien. Vermutlich irgendeine Art Manager. Obwohl, er sah ein bisschen verträumt aus.

Hatte er sich absichtlich ihr gegenüber gesetzt? Gerade hatte sie wieder seinen Blick erhascht. Ob er wohl ein Gespräch anfangen würde? Er war eher der schüchterne Typ. Und zu nahe rücken durfte man ihm sicher auch nicht, er würde bestimmt schnell die Flucht ergreifen.

Ach, die Männer im reiferen Alter! Entweder sie waren anmacherisch, eitel und völlig von sich überzeugt, oder sie waren im Laufe der Jahre von der weiblichen Emotionalität so abgeschreckt, dass sie als Folge davon weitgehend in sich zurückgezogen lebten.

Wo waren nur die charmanten Draufgänger, die verführerischen und unwiderstehlichen Liebhaber, die furchtlosen Helden, die einen durch alle Gefahren brachten? Vermutlich waren das Märchengestalten. Zumindest als Dauereinrichtung. In der meist kurzen Zeit des Verliebtseins, versuchte ja manch einer immerhin ansatzweise die Sterne vom Himmel zu holen. Oder die Schmetterlinge im Bauch flattern zu lassen. Aber eben nicht dauerhaft.

Bob Dylan hatte dieser Frauenfantasie schon vor Jahren eine grobe Abfuhr erteilt „… it ain't me babe! It ain't me you're looking for babe!" Das hatte sie damals halb betrunken mit Paul am Strand gegrölt, kurz vor ihrer ersten gemeinsamen Nacht. Zwölf Jahre später hatte sie es, ebenfalls angetrunken, wieder gehört. Nachdem er ihr eröffnet hatte, dass er eine andere liebte und gegangen war.

Doris Lessing hatte in ihren früheren Jahren unglaublich gut die Vielfältigkeit weiblicher Abhängigkeiten in all ihren Widersprüchlichkeiten beschrieben. „Das Goldene Notizbuch" hatte sie verschlungen. Und jetzt hatte sie wieder ein Buch von ihr vor der Nase, musste aber heimlich ihr Gegenüber mustern.

Wie er wohl reagieren würde, wenn sie einfach ihr Buch fallen ließ? Würde er es aufheben? Oder würde er ihr einen erstaunt mitleidigen Blick zuwerfen, so nach dem Motto: „Du solltest mal wieder in den Spiegel schauen, dann würdest du sehen, dass du nicht mehr siebzehn bist!"

Was sie immer wieder verwunderte, war die Schwierigkeit, im normalen Alltag mit Menschen in persönlichen Kontakt zu treten. Wohingegen das Internet voll war mit Chatrooms, in denen alle Welt fröhlich und ungezwungen miteinander flirtete. Wo sich wildfremde Leute per E-mail Hals über Kopf ineinander verliebten.

Ein paar banale Worte genügten, und in einer anderen Ecke des virtuellen Raums schlug ein Herz Purzelbäume, saßen Menschen vor dem Bildschirm und warteten mit rasendem Puls auf eine eingehende Message. Die Sehnsucht geliebt zu werden, die Sehnsucht nach Verbundenheit, nach flatterndem Herzen, das war es, was alle antrieb.

Und hier saßen sie sich nun schon fast eine Stunde gegenüber und brachten nicht die einfachste Kommunikation zustande. Na ja, ganz stimmte es nicht. Ihre Augen waren einander schon begegnet. Und er hatte schöne Augen. Sehr aufmerksame, sehr ruhige und gerade. Er war keiner dieser verdrucksten Typen. Und auch keiner von diesen Möchte-gern-Machos, sonst hätte er schon längst ein Gespräch angefangen. Wenn sich ihre Blicke das nächste Mal träfen, würde sie ihm ein ermutigendes Lächeln zuwerfen.

„Sehr geehrte Fahrgäste, in Kürze erreichen wir Salzburg Hauptbahnhof. Salzburg Hauptbahnhof!"
Beide erhoben sich gleichzeitig von ihren Sitzen und wären fast zusammengestoßen. Er machte einen Schritt zur Seite und ihr damit Platz. Nachdem sie den Mantel vom Haken genommen hatte, half er ihr beim Hineinschlüpfen und holte ihren Koffer von der Gepäckablage. Er öffnete die Abteiltür, bedeutete ihr den Vortritt, und

als sie ihren Koffer nehmen wollte, sagte er: „Nein, nein, lassen Sie nur, ich mache das schon!" Sie drehte den Kopf und lächelte.

Der Zug fuhr langsam durch das Gewirr der Gleise und Weichen.

„Wohnen Sie in Salzburg?"

„Nein," sagte sie, „ich bin nur ein paar Tage beruflich hier. Und Sie?"

„Auch nur beruflich."

Dann hielt der Zug. Er öffnete die Waggontür, ließ sie zuerst aussteigen und kam mit den Koffern nach. Sie standen auf dem Bahnsteig und blickten sich an.

„Also …," begann sie, aber er unterbrach sie.

„Ich weiß, dass man so etwas eigentlich nicht tut … Aber haben Sie heute Abend schon etwas vor?" Sie zögerte ein wenig und blickte ihn fragend an. „Ich habe zwei Karten für ‚Figaros Hochzeit' im Festspielhaus. Hätten Sie Lust mitzukommen?" Mitten in den Abfahrtspfiff zur Weiterfahrt nach Linz strahlte sie ihn an: „Sehr gerne. Ich liebe Opern!"

Sein Herz schlug Purzelbäume, in ihrem Bauch flogen Schmetterlinge. Oder vielleicht war es auch umgekehrt.

DIE GUNST DER FRAUEN

Mit seinen dreiundzwanzig Jahren hatte er gelernt, wie man sich Frauen näherte, wie man sie umwarb, wie man sie bereitwillig machte für das Glück. Zumindest glaubte er das. Aber natürlich hatte er auch lernen müssen, wie schwierig das bisweilen war. Wie wenig Verlässliches ein Lächeln, ein Blitzen in den Augen, eine kühne Drehung des Körpers bot. Der Schmerz unerwiderter Liebe blieb ihm ebenso wenig erspart, wie deren gesteigerte Form, kalte Distanz oder gar Spott. Und er wusste auch, wie Frauen einen manchmal scheinbar in ihr Allerheiligstes ließen, um gerade noch an der letzten Pforte Einhalt zu gebieten, Forderungen zu stellen, Versprechungen einzuholen, Verpflichtungen anzumahnen …

Etliche Jahre war er so durch ihr Mondwesen geirrt. Wo er Halt suchte, traf er oft ausweichende Leichtigkeit, und wo er unverbindlich sein wollte, warf sich ein Netz von Schwere auf ihn. Alles in allem sah er in der Liebe eine Art Kampf. Nicht mit körperlicher Stärke, nein, ein Ringen um psychische Überlegenheit über den anderen. Und hier, er gab es zu, hatten die Frauen meistens die Oberhand. Wie sie wild reizen konnten, alles nach vorne warfen, Hindernisse mit einer einzigen Pose beseitigten – um sich im nächsten Augenblick, jeglicher Zuwendung völlig zu entsagen. Wie sie jede Fassbarkeit, jedes Verstehen, jede Berechenbarkeit negieren und auslöschen konnten wie Spuren im Sand. Und wie sie leugneten, indem sie noch im selben Moment für alle sichtbar einen Schleier der Unschuld über sich legten. Ihre Trauer war stärker, auch ihre Tränen. Und sie konnten zu einem willkürlichen Zeitpunkt ihr Glück leuchtender strahlen lassen als alles Licht um sie herum. Ein Blick war die Erfüllung oder auch die Verdammnis, aber niemals verlässlich das eine oder das andere. Und wenn er ehrlich war, er hatte dem allen nicht viel entgegen zu setzen. Versuchte es richtig zu machen, so oder irgendwie, war sich nie sicher, floh, wenn er sich nicht mehr zu helfen wusste. Aber Flucht ... Flucht zu anderen war entweder ohne Wiederkehr oder endete in Tränen, im Verzeihen, meist im Versprechen, nie wieder zu fliehen. Und jedes Mal wenn er dieses Versprechen brach, lud er mehr Schuld auf sich, schwächte er sich. Schließlich war er dort angelangt, wo ihn die dichte Nähe von Frauen verunsicherte.

Die Kneipe war brechend voll. Er war allein, stand nahe am Tresen, so kam er wenigstens einfach an Nachschub. Die Frau an der Bar war groß, dunkelhaarig und mit zwei Männern da und als sie auf ihre Getränke warteten, kam er mit ihr ins Gespräch. Darauf blieben alle drei bei ihm stehen, und obwohl sie viel älter waren als er, plauderten sie zwanglos miteinander, lästerten über Leute, erzählten von diesem und jenem, entdeckten gemeinsame Vorlieben für das Reisen, für Sport und für Filme. Irgendwann war er zur Toilette gegangen, und als er zurückkam, waren ihre Begleiter verschwunden. Er plauderte mit ihr weiter wie bisher. Als die Kneipe schloss, traten sie in die kalte Winterluft und mit sichtbarem Atem fragte sie ihn: „Was wirst du jetzt machen?"

„Weiß noch nicht," war seine ehrliche Antwort.

„Willst du noch mit zu mir kommen?" Ihre Stimme war tief, ruhig und rau. Er war völlig verblüfft. Damit hätte er niemals gerechnet. Sie war eine reife Frau, vielleicht doppelt so alt wie er, elegant, war völlig anders, als die Mädchen, mit denen er sich sonst umgab.

Er sagte „Ja" ohne zu überlegen. Schweigend gingen sie nebeneinander her, stiegen in ihr komfortables Auto und landeten schließlich in einer großzügigen Wohnung. Als wäre etwas vorgefallen, war ihre Fähigkeit, belanglos miteinander zu plaudern, mit einem Mal fort. An deren Stelle trat Schweigen. Aber das Schweigen war nicht unangenehm, sie betrachteten einander. Er war wie gebannt, spürte eine ungekannte Erregung in sich aufsteigen, eine brennende Sehnsucht geliebt zu werden, passiv zu sein, einfach alles geschehen zu lassen.

„Möchtest du ein Glas Wein?" Er nickte, sah sich im Wohnzimmer um und versank in seinem Sessel. „Bist du verheiratet?" fragte er, als sie ihm das Glas reichte. „Ja, aber mein Mann ist für längere Zeit fort."

Er nippte am Weißwein, und sie verschwand aus dem Zimmer. Als sie zurückkam, trug sie einen roten Satin-Morgenmantel und verströmte den verführerischen Duft eines zarten Parfums. Ihre Haare waren offen.

Sie setzte sich auf die Sessellehne und schaute ihn eine Weile schweigend an.

„Bist du nur scheu oder möchtest du nicht?"

Sie hatte jetzt eine wohltuende Wärme in ihrer Stimme und auch in ihrem Blick. Fast wie seine Mutter.

Er sah sie an. „Du bist unglaublich schön!" Sie lächelte, stand auf, nahm seine Hand. „Komm!"

Als sie vor dem riesigen Bett standen, knöpfte sie langsam sein Hemd auf. Zum zweiten Mal an diesem Abend erinnerte er sich an seine Mutter, und wie sie das bei ihm als kleinem Jungen getan hatte, wenn er selbst schon zu müde dafür war. Sie zog ihn langsam aus, und er ließ es stumm und ohne Widerstand oder eigenes Zutun geschehen. Schließlich öffnete sie ihren Mantel, und er sah sie in ihrer strahlenden Nacktheit. Und noch bevor sie sich umarmten, um ihre weichen Körper aneinander zu schmiegen, ergriff ihn ein ungeheures Glücksgefühl, wie er es vorher noch niemals gespürt hatte.

BLUE MOON

Als Caro erwachte, war es taghell. Durch das Fenster knallte die Wintersonne. Die Nachttischlampe brannte, und auf dem Fußboden verstreut lagen Kleidungsstücke. In ihrem Kopf ratterte ein Presslufthammer. Sie sehnte sich nach einer Kopfwehtablette und einer kalten Dusche. Warum fiel ihr immer erst am Tag danach ihre Whisky-Unverträglichkeit ein?

Woher kam dieser rasselnde Pfeifton? Nur zögerlich wagte ihre rechte Hand die Erkundung des unbekannten Terrains. Kühler Satin, ein behaarter Arm, vermutlich männlich. Sie zuckte zusammen. Wo war sie hier eigentlich? Und wer war der Typ da neben ihr? Tom? Wie um Himmels Willen war sie in sein Bett gekommen? Nur schleichend langsam kam die Erinnerung.

Sie kannte Tom aus ihrem Stammlokal, dem „Blue Moon". Er hatte nie besonderes Interesse für sie gezeigt, oder wenn, dann hatte er es stets geschickt verborgen. Dieses Mal hatten sie eine halbe Nacht geflirtet, und er hatte sie gegen drei Uhr morgens zu sich auf einen Kaffee eingeladen. „Ich habe nichts gegen Geschlechtsverkehr, aber bitte nur ja keine Intimitäten", sagte er, als sie aus dem Taxi stiegen. Dabei grinste er unverschämt. Das traf sich gut. Caro mochte Männer, bei denen man gleich von Anfang an wusste, wie man dran war, und die obendrein ihre Einstellung mit einem passenden Zitat von Karl Kraus zu untermauern verstanden.

Nach einem Steh-Espresso in der Küche drängte Tom sie ins Schlafzimmer. Hastig zerrten sie sich die Kleider vom Leib. Caro lag vor ihm ausgebreitet auf dem Bett, hielt ihm einladend die Brüste entgegen und öffnete leicht die Schenkel. Sie genoss den begehrlichen Blick, den Tom über ihren Körper gleiten ließ und schaute mit ebensolcher Lust auf ihn und sein Glied, das bereits zur Höchstform aufgelaufen war. „Ich bin gleich wieder da", sagte er und ging in die Küche. Als er zurückkam, schwenkte er eine Dose in der Hand. „Schau mal, was ich da habe!"

Schon beugte er sich über sie und begann, mit der Sprühdose um ihre Brüste konzentrische Kreise aus steifer Sahne zu ziehen. So ein verrückter Kerl! dachte Caro, ohne sein Tun zu unterbrechen. Sie spürte den kalten, samtenen Schwall, der über den Bauch, den Nabel, die Scham und zwischen die Beine kroch, und gleichzeitig eine Hitze, die ihren ganzen Körper überzog.

Ohne ihren Busen anzufassen, suchte Tom mit seiner Zungenspitze nach ihren kleinen, harten Knospen, leckte sie blank und liebkoste sie mit zarten Bissen.

Zielstrebig pflügte er sich mit der Zunge durch den süßen Schaum hinunter bis in ihren offenen Schoß. Er ließ die Zunge auf- und ablaufen, immer und immer wieder. Caro reckte ihm das Becken entgegen, und er suchte nach ihrer Perle. Mit flatterndem Zungenschlag legte er sie frei, saugte sich an ihr fest und ließ sie nicht mehr los, bis Caro sich vor Lust zu winden begann. Sie merkte, wie die Woge, die sie überrollen würde, näher und näher kam, stöhnte laut und krallte sich im Laken fest. Da packte Tom sie an den Hüften, drehte sie um und drang in sie von hinten ein. Caro kam, und auch er war so erregt, dass er sich nach wenigen heftigen Stößen in ihr ergoss. Eine Zeit lang hielt er ihre Hüften umklammert, dann ließ er sich auf Caro fallen. Irgendwann mussten sie eingeschlafen sein.

O what a night! dachte Caro. Auf ihrer Haut klebten Schweiß und Sahnereste. Sie spürte ein Kribbeln zwischen ihren Beinen. Noch immer? Schon wieder?
Da drehte sich Tom zu ihr, rieb sich die Augen und gähnte.
„Du bist schon wach? Wie spät ist es eigentlich?"
„Zwanzig nach elf!"
„Was, schon so spät?" Er legte allen Schmelz der Welt in seine Stimme. „ Caro, mein Schatz, ich habe eine große Bitte an dich. Aber ich traue es mich fast nicht sagen. Denn eigentlich ist es pervers. Ziemlich pervers sogar."
Caro schluckte. Denkt dieser Mann schon an Sex, ehe er

noch richtig die Augen offen hatte? Aber wieso macht er dabei so ein verschmitztes Gesicht? Was kommt denn nun? Eine Neuauflage von gestern Nacht, nur mit verschärften Bandagen?"

„Was, jetzt und gleich? So ganz ohne Dusche?"

„Ja, Dusche geht sich nicht mehr aus. Um halb zwölf beginnt das Hahnenkammrennen in Kitzbühel. Du hast doch nichts dagegen, wenn ich den Fernseher einschalte?"

RICARDO

Denke ich an Rom, denn denke ich an die Stadt, die ich liebe und an Ricardo.

Ich traf ihn in Trastevere. Die Nacht war warm, Lichter tanzten auf dem Fluss, die Autos schoben sich hupend voran. In der Ferne strahlte die Engelsburg. Ich schlenderte mit vielen anderen durch die Gassen. Einfach durch den lauen Abend gehen, Menschen sehen, Schilder lesen. Trattoria Barroso, Tavola calda, Marcelleria, Barbiere Robini, Profumeria, Pasticceria, Bar Sale e Tabacci, Banco di Santo Spirito, chiuso ...

Irgendwann wollte ich essen. Draußen. Auf der Piazza della Santa Maria in Trastevere. Dort gab es zahlreiche Kneipen. Tische und Stühle standen einfach auf dem Pflaster vor dem jeweiligen Lokal. Voll war es um diese Zeit. Ich suchte einen freien Platz und traf seine Augen.

Er hatte lange schwarze Locken, etwa mein Alter, hockte an einem Vierertisch, ihm gegenüber zwei Blondinen, die aussahen wie Amerikanerinnen. Er machte eine einladende Geste mit dem Kopf auf den Platz neben sich. Es war, als habe er ausgerechnet mich aus den Scharen der Flaneure gewählt. Ich stockte, aber er wiederholte die Geste. Zögernd ging ich auf den Tisch zu. Er hielt Blickkontakt, streckte mir die Hand hin. Ein weicher Händedruck: „Ricardo". An die Namen der Mädchen erinnere ich mich nicht mehr. Wir aßen gegrillte Fische und Salat, rissen Brotstücke auseinander, tranken Rotwein und plauderten. Zwei Männer, zwei Frauen, ein Italiener, drei Ausländer.

Ricardo hatte bezahlt, ohne dass wir es bemerkten. Er schlug vor, in eine Diskothek zu gehen. Wir fuhren in einem offenen roten Sportwagen, die Mädchen saßen hinten. Sie schienen nicht sonderlich an uns interessiert, wollten aber trotzdem mit. Die Disco war laut und brechend voll. Ich schob mich durch die Massen in Richtung Tanzfläche, gewöhnte mich an das zuckende Licht im Dunkel, und als ich mich umdrehte, hatte ich die anderen verloren. Ich tanzte. Er fand mich irgendwie im Gewühl. Plötzlich stand er mir gegenüber und tanzte mit mir. Ich konnte an seinen Bewegungen sehen, dass sie mit meinen zu korrespondieren suchten. Wir sahen einander an. Sprechen war bei dem Lärm unmöglich. Irgendwann zog er mich aus dem Gedränge, und als es leiser wurde, beugte ich mich zu ihm: „Ich möchte was trinken!"

Er nickte, schob mich aus dem Lokal in die weichere Geräuschkulisse der Stadt. Wir stiegen in sein Auto und verloren uns in einem Gewirr kleiner Gassen, die sich einen Hügel hochzogen. Er hielt, wir gingen durch die dunkle Toreinfahrt eines ockerfarbenen Gebäudes über den nächtlichen Hof, stiegen in einen Lift mit eisernen Scherengittern. Die Wohnung hatte mehrere, nicht sehr große Zimmer, wirkte jedoch durch die sparsame und stilvolle Möblierung geräumig. Weiß gekalkt, moderne Bilder an den Wänden.

Er öffnete eine Tür, und wir traten auf eine üppig mit Palmen und Oleander bepflanzte Terrasse. Zwei Liegen gab es mit blau-weiß gestreiften Matratzen, ein Tischchen dazwischen, einen zugeklappten Sonnenschirm und einen atemberaubenden Blick auf Rom. Ich trat an die Brüstung und ließ meine Augen schweifen. Vom erleuchteten Reiterstandbild Garibaldis auf dem Gianicolo über das Netz der gelben Straßen, von der Kuppel des Vatikans bis zu den dunklen Umrissen des Hügels der Villa Borghese. Darüber der unendliche Himmel, an dem aber nur die hellsten Sterne zu sehen waren.

Er trat neben mich und reichte mir ein Glas Wein. Es war die Art, wie er es tat, die mich plötzlich erkennen ließ, dass er mir nicht absichtslos seine Aufmerksamkeit schenkte. Er legte einen Arm um meine Taille, und als er merkte, dass ich zuckte, nahm er ihn wieder zurück. Wir legten uns jeder auf eine Liege, stellten die Gläser ab, sahen uns an und schwiegen eine Zeit lang.

„Ich bewundere deinen schönen Körper, deine tiefen, melancholischen Augen", er zögerte etwas, „und ich begehre dich."

Noch nie hatte ein Mensch so zu mir gesprochen.

Ich war völlig verwirrt. Und mitten in diese Verwirrung hinein, streifte es mich, dass man so eigentlich nur zu Frauen sprach. Und vielleicht war es das, was einen Knoten in mir löste. Ich spürte es physisch. Eine Welle der Befreiung durchdrang mich, und mit ihr wurde mir klar, was ich wollte.

Ich wollte in diesem Moment Frau sein, hier und jetzt, über den Häusern und unter dem weiten Himmel Roms, wollte ihm all das geben, was er begehrte, mit Freuden geben, alles geschehen lassen, wusste, dass es richtig sein würde, und dass ich befreit war von allen Hemmungen.

Ich drehte ihm meinen Körper zu, sah in seine Augen und lächelte.

DER WAHRHEITSBEWEIS

Mit allem hatte Hubert gerechnet, nur damit nicht. Sie hatte ja gesagt. Einfach ja! Kein verlegenes „Tut mir leid, ich habe heute Abend schon was vor!", kein beschwichtigendes „Ein ander' Mal vielleicht", kein unmissverständliches „Schwirr ab, du bist nicht meine Altersklasse!". Einfach ja!

Hubert hatte die Neue zu sich nach Hause eingeladen – zu einem kleinen Abendessen mit einer anschließenden Dia-Show über Tibet. Das hatte er noch bei jeder Praktikantin so gemacht. Und noch von jeder hatte er eine Absage kassiert. Die jungen Kolleginnen witterten in Huberts Bildungsoffensive eine plumpe Anmache und lehnten dankend ab. Dass ihm liederliche Absichten unterstellt wurden, störte Hubert nicht. Mit Stolz trug er den Titel, „Womanizer of the year", dem ihm die Belegschaft am Rosenmontag verliehen hatte. Vor allem, weil er noch nie den Wahrheitsbeweis antreten musste. Und jetzt das!

Offensichtlich hatte niemand die Neue gewarnt. „Wann soll ich kommen?" hatte ungeniert Monica auf seine Einladung hin gefragt. „Gleich heute Abend um acht? Wäre Ihnen das recht?" Hubert war nicht zum geringsten Widerspruch fähig gewesen.

Er stand in gebückter Haltung vor dem Tiefkühlschrank und musterte mit klammen Fingern den Inhalt. Zum Einkaufen hatte er keine Zeit mehr gefunden. Aber das war der Vorteil bei den jungen Dingern. Ihnen stand noch nicht der Sinn nach Lachs und Blinis, nach Krebsenschaumsüppchen und sonstigem kulinarischem Schnick-Schnack.

Das war bei Monica sicher auch so. Warum sie dann wohl die Einladung angenommen hatte? Hubert geriet ins Grübeln. Was, wenn ihr Interesse für Tibet nur geheuchelt war? Was, wenn sie ganz andere Absichten hegte? Vielleicht war sie ein Scheidungskind mit Vaterkomplex, und er sollte für Kompensationszwecke seine Schulter hinhalten? Vielleicht hatte sie die Nase voll von Männern in ihrem Alter? Vielleicht sehnte sie sich nach einem richtigen Kerl? Nach einer zügellosen Nacht? Oder zumindest nach einer ebensolchen Viertelstunde?

Hubert wischte sich den Schweiß von der Halbglatze. Wie kam er bloß aus dieser Nummer wieder raus? Ob er vielleicht Monica anrufen sollte, um ihr mitzuteilen, dass der Beamer einen Defekt hätte? Ob er vielleicht doch das Bett vorsichtshalber frisch beziehen sollte? Aber war das nicht kontraproduktiv bei Dirty Sex? Mit einer Absage ihrerseits war nicht zu rechnen. Die Praktikantinnen von heute sind unerschrocken und voller Tatendrang. Auf die ist absolut Verlass! Sie haben Hunger und technisches Geschick und zeigen einem auch noch nach der PowerPoint-Präsentation, dass sie Gerätschaften älteren Baujahrs im Handumdrehen bedienen können. Monica war so eine. Daran hatte Markus nicht den geringsten Zweifel.

Hitze loderte in ihm hoch und kroch über Gesicht und Hals. Er zerrte nervös an seiner Krawatte und öffnete den obersten Knopf des Hemdes.

Aus dem Radio kam die Stimme von Udo Jürgens:

„Heute beginnt der Rest deines Lebens. Jetzt oder nie und nicht irgendwann!"

Um Gottes Willen, Udo, heute schon? War das wirklich ausgemacht?

Hubert schaute mit Schaudern auf die Armbanduhr. Noch zehn Minuten, dann, ja, was dann? Schnell das rote Hemd anziehen! Schnell noch ein Hauch von Bulgari!

Plötzlich war er zu allem bereit.

Monica, heut zeig' ich's dir! Erst gibt's die Tibet-Fotos, dann gibt's Yakbuttertee und dann …

Wild entschlossen schob er die Pizza Capricciosa ins Rohr.

DON'T DREAM IST, DO IT

Es ist noch dunkel, als er erwacht. Er fühlt sich müde und zerschlagen. An ein Weiterschlafen ist trotzdem nicht mehr zu denken. Wie spät es wohl sein mag? Fünf Uhr? Halb sechs? Morgengrauen schleicht sich unter seine Haut. Jetzt die Decke über den Kopf ziehen und nicht bewegen. Am besten tot stellen. Nur ja seine Frau nicht aufwecken. Sonst würde sie sich wieder im Halbschlaf an ihn drängen, ihren Schoß erwartungsvoll gegen sein Gesäß drücken, die Brüste gegen seinen Rücken pressen, die Hände zwischen seine Beine schieben. Es gab eine Zeit, da hatte er diese fordernde, lustvolle Annäherung am Sonntagmorgen genossen. Nun hat er Angst davor. Lähmende Angst, sich wieder einmal eingestehen zu müssen, dass er ein Versager ist.
Ein Versager?
Nein, das ist wohl nicht der richtige Ausdruck. Es ist ihm nur die Lust abhanden gekommen, mit der Frau, mit der er seit siebzehn Jahren Tisch und Bett teilt, zu schlafen. Das war ganz plötzlich gekommen. Über Nacht. Auch wenn er sich noch so große Mühe gibt, diesen unbefriedigenden Zustand zu ändern – er kann nichts dagegen tun. Wie nur soll er das seiner Frau erklären, ohne sie zu verletzen? Ob sie es schon ihren Freundinnen erzählt hat, dass er keinen mehr hoch-

bringt? Reden Frauen eigentlich über so etwas? Lachen sie darüber? Schämen sie sich für ihre impotenten Männer? Oder suchen sie am Ende die Fehler bei sich selbst? Dass er keine Erektion mehr bekam, stimmt ja eigentlich gar nicht. Aber das macht die Sache nur noch komplizierter.

Er denkt wie schon so oft an Klara und die schönsten Augenblicke seines Lebens. Und daran, wie sie sich zum ersten Mal begegneten. Ein wackeliger Sahnepudding hat sie bei einem Fortbildungsseminar in München im vergangenen Sommer zusammengeführt. Klara stand hinter ihm in der Schlange beim Selbstbedienungsbuffet und griff – genau wie er – nach dem letzten Schälchen Panna cotta in der Vitrine. Dabei berührten sich wenige Sekunden lang ihre Hände. Wie elektrisiert drehte er sich um, um zu sehen, wer ihm das Dessert streitig machen wollte, und sah in ein lachendes Gesicht. „Da habe ich wohl Pech gehabt! Sie waren zuerst dran! Also kriegen Sie den Zuschlag!"„ sagte ein blondes Zauberwesen mit einem Anflug von gespielter Verzweiflung in der Stimme, um dann einzulenken: „Wenn Sie aber wollen, können Sie es gerne mit mir teilen! Sie wissen ja: Geteilte Kalorien sind halbe Kalorien."

Obwohl Spontaneität nicht zu seinen herausragenden Eigenschaften zählte, nahm er sofort ihr Angebot an.

Auch nach dem Dessert, das sie unter kindischem Gekicher mit zwei Löffeln verspeisten, ließ er Klara nicht mehr aus den Augen und lud sie zu einem Drink in die Hotelbar ein. Er wundert sich noch heute, dass er keinen einzigen Augenblick lang zögerte, als sie ihn danach auf ihr Zimmer bat. Für Klara schien die Liebe die einfachste Sache der Welt zu sein. Die einfachste und gleichzeitig die allerschönste. Sie forderte nicht, sie setzte ihn nicht unter Druck. Sie war warm und schenkte sich ihm mit einer nie gekannten Hingabe. Was für sanfte Lippen! Was für neugierig-zärtliche Hände! Was für ein herrlicher Schoß!

Ob es nicht doch ein Riesenfehler war, dass er sie nie angerufen hat? Nein, es ist sicher besser so. Er weiß nicht sehr viel von Klaras Leben, aber eines weiß er mit Sicherheit: Es wäre dort kein Platz für ihn, ebenso wenig wie in seinem Platz für sie wäre. Warum schafft er es nicht, mit seiner Frau über all die Probleme zu reden, die ihn quälen? Die sie vermutlich beide quälen? Wie es wohl ihr ergeht? Warum zieht er sich immer mehr zurück? Warum täuscht er Unabkömmlichkeit in seinem Beruf vor? Warum sucht er andauernd die Bestätigung und Anerkennung bei anderen? Er kann sich den Kopf zermartern, solange er will: Es gab und gibt keine Antwort auf all seine Fragen. Gestern nicht und auch nicht heute. Wird er sie vielleicht morgen finden?

Grenzenlose Traurigkeit macht sich in ihm breit, als er aufsteht und sich leise im Halbdunkel anzieht. Dann weckt er den Hund und geht hinaus in den Regen.

SPIEL ZU DRITT

Dass er Mike hieß und fast jeden Abend im „Porgy and Bess", dem angesagtesten Jazzclub der Stadt herumhing, wusste ich von Pia. „Ist echt ein guter Typ", hatte meine Freundin gesagt. „Also, ich an deiner Stelle ..."

Sie brauchte nicht weiterzureden. Wir wussten beide, was sie meinte.

Ich hatte mir also unter großem körperlichem Einsatz einen Platz am Tresen erkämpft, von dem aus sich ein Panoramablick über das ganze Lokal auftat. Noch ehe ich mit dem Barkeeper Blickkontakt aufnehmen und ihm „Einen doppelten Dimple mit viel Eis, bitte!" zurufen konnte, hatte ich Mike bereits in dem Getümmel durch alle Rauchschwaden hindurch ausfindig gemacht.

Pia hatte Recht. Er sah wirklich fantastisch aus. Groß, schlank, dunkle, mühevoll zerzauste Haare, so als wäre er gerade dem Bett entstiegen, Dreitagebart, lebhafte Augen. Anfang dreißig, schätzte ich. Er machte auf lässiges Understatement, trug einen anthrazitfarbenen Anzug, vermutlich ein Designer-Stück aus Pias Boutique, dazu ein schwarzes T-Shirt und auffällige rote Schuhe. Dieser Mann hätte zweifelsfrei auch bei Tageslicht eine gute Figur gemacht.

Wirklich schade, dass er nicht allein war, befand ich. Zu allem Übel sah das anhängliche Geschöpf an seiner Seite nicht nach einer nächtlichen Zufallsbegegnung aus. Die beiden kannten sich vermutlich schon lange, sie wirkten ziemlich harmonisch, wie ein eingespieltes Paar. Das machte meine Annäherungsversuche nicht gerade einfach. Aber zum Glück bin ich jemand, der die Flinte nicht so schnell ins Korn wirft.

Die blonde Sängerin, die „My baby just cares for me" ins Mikrofon hauchte, nahm Mike trotz ihres atemberaubenden Kleides nur am Rande wahr. Er hielt die Augen geschlossen, schien dem Diesseits entrückt zu sein. Immer und immer wieder strich er liebkosend über den Hals seiner Gespielin, die sich an ihn schmiegte. Wie gerne wäre ich an ihrer Stelle gewesen! Wie gerne hätte ich Mikes Hände auf mir gefühlt!

„Die Haut eines Menschen zu berühren ist den Himmel berühren", hatte Novalis behauptet. Ich hätte es gern auf einen Test ankommen lassen. Ob Mike meine schamlosen Blicke spürte, die über seinen, über ihren Körper glitten? Ich hoffte es inständig.

Als er wieder die Augen öffnete, sah er mich an und schickte ein elektrisierendes Lächeln hinterdrein. Dass er auch jetzt die Hände noch immer nicht von *ihr* ließ, störte mich nur ein kleines bisschen. Sollte jemals aus Mike und mir etwas werden, dann müsste ich mich wohl auf eine Menage à trois gefasst machen, dachte ich amüsiert.

Erst nachdem die letzten Takte der Musik verklungen und der Applaus verebbt war, löste Mike die Umklammerung. Und dann passierte das, wovon ich schon den ganzen Abend geträumt hatte. Er stieg vom Podium und ging quer durch das Lokal direkt auf mich zu. „Meinst du nicht auch, dass ich mir jetzt eine Pause verdient habe?" fragte er. Und so, als würden wir uns schon ewig kennen, fügte er hinzu: „Du hast doch ganz sicher Lust, mit mir etwas zu trinken?" Ohne eine Antwort abzuwarten, winkte er dem Barkeeper und deutete auf mein halbvolles Glas. „Noch zwei Mal das gleiche!"

Die Eiswürfel klirrten, als wir einander zuprosteten.

„Cheers! Auf den Augenblick und auf das, was die Nacht noch bringen wird! Übrigens: Ich mag deine Augen. Und ich mag, wie du mich anschaust! Du bist ein scharfer Beobachter."

Ich fühlte mich ertappt. Wie ein kleiner Spanner auf frischer Tat.

„Ooooch, wirklich? Übrigens: Ich heiße Nico." Mehr brachte ich nicht heraus.

„Und jetzt, mal ehrlich, Nico: Worauf willst du lieber spielen? Auf mir oder auf meiner Bassgeige?"

STERNSTUNDE

Es klingelte an der Tür. Ungestüm und fordernd.

Was für ein Verrückter läutet denn noch so spät? Nora griff nach dem Hörer der Sprechanlage.

„Sie wünschen?"

„Ich bin's! Lass mich rein, Nora! Bitte!"

Nora öffnete die Tür. Auf der Matte stand Leo. Leo der Ritter von der traurigen Gestalt. In so einem bedauernswerten Zustand hatte sie ihn noch nie gesehen.

„Was ist denn passiert? Hat dich deine Freundin verlassen?"

„Schlimmer!"

„Hat deine Stammkneipe zugesperrt?"

„Noch schlimmer!"

„Noch schlimmer?" Nora verdrehte die Augen. „Nun sag' schon, was los ist!"

„Ich habe einen Hänger! Einen totalen Hänger!" Nora schickte einen erschrockenen Blick in Leos Leibesmitte.

„Nein, nicht so!", winkte er ab. „Ich habe eine Schreibblockade. Mir fällt kein einziger vernünftiger Satz mehr ein. Nicht einmal ein Wort! Und morgen ist Abgabeschluss! Das schaffe ich auf keinen Fall mehr."

Leo arbeitete für einen Zeitschriftenverlag und schüttelte an guten Tagen Geschichten aus dem Ärmel wie ein gefinkelter Pokerspieler die Asse. Endlich hatte er einen lukrativen Auftrag bei einem Hochglanzmagazin an Land gezogen, einen Auftrag, von dem er immer geträumt hatte. Und nun waren all seine Geistesblitze in einem Schwarzen Loch versackt.

„Komm, iss erst mal ein paar Kekse. Zimt und Kardamon beruhigen die Nerven!"

Noras Stimme klang beschwichtigend.

Leo stand ganz und gar nicht der Sinn nach hausgemachtem Backwerk.

„Hast du nichts zu trinken? So einen klitzekleinen Whisky zum Beispiel?"

Mit nervösen Fingern zerbröselte er die Zimtsterne, die sie ihm gereicht hatte, und schob gedankenverloren die Krümel auf dem Küchentisch hin und her.

„Was machst du denn da?" Nora schaute erstaunt. „Das sieht ja aus wie der Große Wagen! Erinnerst du dich eigentlich noch, wie wir damals …?"

„Klar, Nora! Das habe bis heute nicht vergessen! Darauf sollten wir doch wirklich einen trinken!"

Damals …

Damals waren sie sechzehn Jahre und gingen gemeinsam in die Tanzschule. Sie traten sich bei Walzer und Cha-Cha-Cha gegenseitig auf die Zehen, schmiegten beim Slow Fox ihre Körper aneinander und schauten auf dem Nachhauseweg sehnsüchtig in den Sterne. Nora kannte sie alle: den Großen Wagen, den Kleinen Wagen, die Venus und den Sirius. Insgeheim hoffte sie, Leo würde ihr zumindest einen Stern vom Himmel holen.

Doch das versprach er Lisa. Lisa hatte blonde, schulterlange Haare, endlos lange Beine und verwegene Miniröcke.

Irgendwann fand Leo den Blick darunter weitaus spannender als Händchen haltend in das nächtliche Firmament zu starren. Während ihm aber Lisa bald darauf wieder schnuppe war, blieben er und Nora über all die Jahre Freunde. Gute Freunde.

„Ob wir nicht wieder mal …?" fragte Leo nach dem vierten Glas. „Keine schlechte Idee", meinte Nora. „Heute ist eine klare Nacht. Mit ein bisschen Glück sehen wir sogar den Orion. Aber vorher noch ein kleines Schnäpschen. Es ist so kalt draußen."

„Den Orion? Warum hast du mir den damals vorenthalten?"

„Das war keine böse Absicht. Den kann man nämlich nur am Winterhimmel sehen."

„Du scheinst dich ja tatsächlich auszukennen."

„Hast du jemals daran gezweifelt?"

Nora stupste ihn grinsend mit dem Ellbogen in die Seite. Dann holte sie das Fernglas und die Jacken aus dem Vorzimmer.

Als sie leicht beschwipst auf den Balkon traten, umfing sie kalte Dezemberluft. „Komm, wärme mich ein bisschen!" Nora drängte sich an Leo. Der hatte aber etwas Anderes im Kopf. „Wie erkenne ich nun diesen legendären Orion?" fragte er mit zusammengekniffenen Augen.

„Astronomen nennen ihn den Himmelsjäger. Und so sieht er auch aus: Breite Schultern, schmale Hüften, Gürtel und ein langes Schwert." Nora ließ ihre Blicke durch das nächtliche Blau schweifen. „Da! Schau! Siehst du ihn?" Mit dem Zeigefinger setzte sie imaginäre Markierungspunkte in die Luft und zog ebensolche Verbindungslinien.

„Nein!"

Leo schüttelte den Kopf. „Ich sehe nur einen unorganisierten Haufen leuchtender Punkte."

„Ach, Leo!" Nora seufzte. „Dann eben das Ganze noch mal von vorn. Der Orion hat sechs Hauptsterne, je zwei an den Schultern, den Hüften und den Füßen." Zur Veranschaulichung ließ sie langsam ihre Hand über Leos Körper gleiten. So macht Astronomie ja richtig Spaß, dachte Leo, während Nora weiter dozierte: „An dieser Stelle trägt er seinen Sternengürtel." Sie knöpfte Leos Hosenbund auf, ließ die kalte Hand unter das T-Shirt gleiten und strich über den Bauch. Leo durchfuhr ein wohliger Schauer. „Und hier sitzt das Schwert." Erst fuhr Nora sanft, dann etwas härter den Reißverschluss der Jeans entlang. „Wo genau?" fragte Leo. „Kannst du mir das noch einmal zeigen?" Nora kam seinem Wunsch ohne Zögern nach. Nicht nur das Interesse an Himmelskörpern, stellte sie mit Genugtuung fest, war bei Leo sprunghaft gestiegen.

Während er das Fernglas ansetzte, um den Orion ins Visier zu nehmen, holte endlich Nora nach, was sie schon zu Tanzstundenzeiten liebend gern gemacht hätte, sich aber nicht getraut hatte. Sie öffnete den Reißverschluss, griff in die Hose und trieb Leo mit unbarmherzig schnellen Bewegungen zum Höhepunkt. „Siehst du ihn jetzt?" fragte sie.

„Ich glaube schon. Das muss er sein, der – Oooh! Oooh! – Ooorion!" brüllte Leo in die Nacht. Nora hatte nicht den geringsten Zweifel, dass vor seinen Augen die Sterne tanzten. Zu welchem Sternbild sie gehörten, war in diesem Augenblick allerdings nicht von Bedeutung.

„Kann ich mal schnell an deinen Laptop?"

Leo war noch etwas außer Atem, als er in ihr Arbeitszimmer stürzte, den Computer einschaltete und zu schreiben begann. Die Blockade war wie weggefegt. Nora warf einen Blick über seine linke Schulter und las:

Es klingelte an der Tür. Ungestüm und fordernd. Was für ein Verrückter läutet da noch so spät?

Irgendwie kam ihr die Geschichte bekannt vor.

MIRANDE

Auf dem Flughafen von Hanoi herrschte das Chaos. Seit Stunden schon tobte ein tropischer Gewittersturm, der Regen fiel in dichten Schleiern, spritzte vom Asphalt hoch, und die Bäume, die man vom Fenster aus sah, bogen sich gefährlich tief. Alle Flüge waren hoffnungslos verspätet.

Er schob sich durch das Gedränge in der Lounge und strebte dem einzigen noch freien Platz an einem Zweiertisch am Fenster zu. Ein Herr saß dort und las Zeitung. Gerade als er es sich auf dem Stuhl bequem machen wollte, sah er eine Frau, die ihr Handgepäck hinter sich her zog und auf ihn zustrebte. Offenbar hatte sie denselben Gedanken gehabt wie er, war aber langsamer gewesen. Etwa Mitte vierzig, schlank, ihrer Kleidung nach zu schließen geschäftlich unterwegs, nun stand sie da und blickte sich suchend um.

Er erhob sich wieder und bedeutete ihr, sich zu setzen. Sie zögerte einen Moment, lächelte dann dankbar, jedoch mit deutlichen Spuren von Anspannung im Gesicht. Sie setzte sich. Er blieb neben dem Tisch stehen und blickte durch die verregnete Glasscheibe auf das Unwetter. Als der Herr neben ihr irgendwann die Herald Tribune zusammenfaltete und ging, nahm er Platz.

„Vielen Dank, das war vorhin sehr freundlich von Ihnen", sagte sie auf Englisch. Die Anspannung schwang auch in der Stimme mit. Sein „You're welcome" ging im Geräusch unter, mit dem eine Regenböe gegen das Fenster klatschte. Sie holte ihr Handy raus, drückte eine Taste, lauschte eine Weile und schaltete es ärgerlich wieder aus.

„Wo wollen Sie hin?"

„Nach Kunming," antwortete sie, „Ich versuche verzweifelt mein Hotel zu erreichen, um mitzuteilen, dass ich verspätet bin, aber irgendetwas stimmt mit der Nummer nicht. Da kommt immer nur eine chinesische Ansage."

„Die Sie nicht verstehen."

„Nein, natürlich nicht. Können Sie Chinesisch?"

„Nichts, außer ‚Nin hao' und ‚Xie xie!' In welchem Hotel sind Sie?"

„New World Hotel. Kennen Sie Kunming?"

„Ich war mal dort."

„Der Himmel weiß, wann ich ankomme, und ich werde dann natürlich nicht mehr vom Hotel abgeholt. Ist es schwierig, ein Taxi zu bekommen?"

„Nachts und ohne Chinesisch könnte es problematisch werden."

Sie sah ihn vorwurfsvoll an. So, als ob er an ihrer sich abzeichnenden Misere Schuld hätte.

„Und wo wollen Sie hin?"

„Nach Vientiane." Suchend blickte er sich um, dann sagte er: „Wären Sie so freundlich, mir den Platz freizuhalten? Ich komme gleich wieder."

Er schob sich durch die Wartenden. Als er nach einer ganzen Weile wiederkam, balancierte er zwei Gläser Rotwein und einen Teller mit Sandwiches durch die Leute. Er stellte alles auf den Tisch, reichte ihr ein Glas und zeigte auf die belegten Brötchen. „Zwei mit Käse, zwei mit Schinken. Ihr Flug geht in eineinhalb Stunden, Boarding Time in 40 Minuten."

Sie sah ihn völlig verblüfft an. „Woher wissen Sie das?"

„Steht auf der Anzeigetafel und ich habe mich auch noch am Schalter vergewissert. Cheers! Und greifen Sie zu!" Und fast wie abgesprochen, kam just in diesem Moment die bestätigende Durchsage aus dem Lautsprecher. Sie lächelte und schüttelte dabei leicht den Kopf. Tatsächlich griff sie sich ein Sandwich und nippte am Rotwein. Offensichtlich war sie hungrig. Schweigend aßen sie, blickten aus dem Fenster und bemerkten, wie der Sturm allmählich nachzulassen schien. Plötzlich sagte sie unvermittelt: „Erzählen Sie etwas!" Er sah sie fragend an. „Irgendetwas!"

Sein Blick heftete sich zunächst auf die Tischplatte, dann sah er sie an und begann zu sprechen.

„Es war am Abend in einem kleinen französischen Ort

an der Kanalküste. Ein Mann stand vor einem Schaufenster und sah einer jungen blonden Frau zu, wie sie gerade versuchte, einen Morgenmantel um eine Puppe zu drapieren. Er war aus leuchtend orangefarbener Seide gefertigt, mit changierenden Längsstreifen. Die Dekorateurin kniete halb und schien den Zuschauer nicht zu bemerken. Sie war füllig, aber nicht dick, und hatte auffallend blaue Augen. Als er die Auslage näher betrachtete, fiel ihm auf, dass dort ausschließlich Morgenmäntel ausgestellt waren. In verschiedenen Materialien, Farben, Mustern und Schnitten. Alle elegant, alle geschmackvoll."

Er machte eine Pause und trank einen Schluck.

„Und?" fragte sie.

„Er betrat den Laden gerade, als sie aus dem Schaufenster stieg. ,Kann ich Ihnen helfen?' fragte sie auf Französisch. Er blickte sie an. ,Ich hätte gerne den orangefarbenen Mantel', erwiderte er, ebenfalls auf Französisch. ,Den ich gerade ausgestellt habe?' Er nickte. ,Er ist heute Morgen hereingekommen. Ein Einzelstück!' Und mit einem wehmütigen Lächeln fügte sie hinzu: ,Es tut mir weh, mich so schnell von ihm trennen zu müssen.' Er erwiderte das Lächeln mit fast ebensolcher Wehmut. ,Es gibt nur ein Problem', sagte er, ,ich habe kein Geld einstecken. Ich wohne im Hotel gegenüber und erwarte gleich jemanden. Könnten Sie ihn mir nach Ladenschluss vorbeibringen?' Sie sah ihn eine Weile an, dann nickte sie. ‚Fragen sie nach Monsieur Paul!' Sie nickte wieder und er verließ die Boutique."

„Und? Ist sie gekommen?"

„Ja. Sie kam eine Stunde später, und der Rezeptionist sagte ihr die Zimmernummer. Als sie klopfte, öffnete Paul und bat sie herein. Er war allein. ‚Der Mantel kostet 350 Euro', sagte sie etwas unsicher. Er zögerte keinen Augenblick, nahm seine Brieftasche vom Tisch, zählte die Scheine ab und reichte sie ihr. ‚Darf ich fragen, wie Sie heißen?' ‚Mirande', sagte sie, ‚genau wie mein Laden.' Er blickte in ihre Augen. ‚Mirande, ich weiß, es ist ungewöhnlich, aber wären Sie bereit, den Mantel für mich anzuziehen?' Eine lange Zeit sahen sie sich schweigend an. ‚Das Bad ist dort.' Er nickte mit dem Kopf in die Richtung und in seiner Geste lag etwas Flehentliches."

„Und dann?"

„Als sie aus dem Bad kam, war das Zimmer von Kerzen erhellt und es roch nach Orangen. Sie hatte den Mantel an, und ihr blondes Haar geöffnet. Paul stand genauso im Zimmer, wie sie ihn verlassen hatte. Er sah sie an und alles, was er sagte, war: ‚Wie schön Sie sind!' Es war einer jener magischen Momente, nach denen man sich so oft sehnt."

„Hat die Geschichte ein Happy End?"

„Wie man es nimmt. Lange waren es einfach ihre Augen, die sich begegneten. In ihnen war Sehnsucht, Lust und Vertrauen. Als sich ihre Lippen berührten, waren längst alle inneren Schranken gefallen. Sie drängten sich aneinander. Er fühlte ihren Körper durch die Seide, strich mit seinen Händen ihren Rücken entlang, über die Hüften, über ihren Po, drückte sie an sich. Alles war weich und reichlich und gab sich ihm hin. Behutsam schob er den Mantel auf, um ihre Brüste zu berühren. Einige Zeit später lagen sie im Bett und liebten sich. Zuerst zurückhaltend zärtlich, dann immer begehrlicher und schließlich voll aufbrausendem, wildem Verlangen. Irgendwann gegen Morgen fielen sie dicht aneinander geschmiegt in einen erschöpften Schlaf."

„Ist das alles?"

„Nicht ganz. Als sie aufwachte, war er verschwunden. Neben ihr im Bett lag der orange Morgenmantel mit einer gelben Rose darauf. Daneben ein Zettel: Ich habe den Mantel von Anfang an nur für dich gekauft. Du bist eine wunderbare Frau! Paul."

Sie sah ihn schweigend an. Ihr Brustkorb hob und senkte sich gleichmäßig. Mitten in die Stille zwischen ihnen kam die Lautsprecheransage für den Flug nach Kunming.

„Sie müssen los!" Er erhob sich. Sie standen sich gegenüber und sahen sich an. „Danke für alles!" sagte sie und alle Anspannung war aus ihrer Stimme gewichen. Als sie ihm die Hand reichte, gab er ihr ein Päckchen.

„Öffnen Sie es erst im Flugzeug!" sagte er. „Und gute Reise!"

Es war ein Buch. „All those who long for love", Short Stories von Paul Rosberger.

Vorne lag eine Karte drin. „Sie werden in Kunming unter dem Namen Madame Mirande vom New World Hotel abgeholt!" Drunter war ein Smilie gemalt und hinzugefügt: „Mein Handy kann Internet!"

Als sie einen Blick auf das Inhaltsverzeichnis warf, entdeckte sie als fünfte Geschichte den Titel: „Mirande".

FÜR IMMER JUNG

Unruhig wälzte sich Malwine im Bett von einer Seite auf die andere. Dass sie kein Auge zutun konnte, lag nicht nur an der Hitze der Sommernacht und dem lästigen Gesurre der Stechmücken, es lag vor allem am Neuzugang auf Zimmer 407. Vor einer Woche war er in die Seniorenresidenz „Für immer jung" eingezogen. Er hieß Victor von Rexeisen und wohnte auf demselben Gang wie sie, nur fünf oder sechs Türen von ihr entfernt. Victor von Rexeisen! Was für ein Name! Was für ein Mann! Er war ein ehemaliger Schauspieler, der nach dem Abendessen gern mit großer Geste Schiller und Shakespeare deklamierte, von seinen Engagements an allen renommierten Schauspielhäusern des Landes erzählte und sich dabei seiner Wirkung auf die Damenwelt bewusst war. Und er sah blendend aus: hoch gewachsen, volles weißes Haar, ein ebensolches Gebiss, aristokratische Ausstrahlung. Außerdem war er dreifacher Witwer. Ein Mann also, der Aufmerksamkeit, Trost und die liebende Hand einer Frau dringend nötig hatte. Für so etwas hatte Malwine ein feines Gespür. Was sie ein bisschen beunruhigte, war die Tatsache, dass alle Bewohnerinnen der Seniorenresidenz auf ihn ein Auge warfen. Zumindest die, die ohne fremde Hilfe ihr Zimmer verlassen konnten. Malwine hatte schon mehrmals versucht, im Speisesaal durch gurrendes Gelächter auf sich aufmerksam zu machen. Ob Victor von Rexeisen sie bemerkt hatte, entzog sich allerdings ihrer Kenntnis. Sie hasste nun mal Brillen. Eines wusste sie aber ganz sicher: Sie hatte keine Zeit zu verlieren. Victor sollte ihr gehören, ihr ganz allein.

Entschlossen stand Malwine auf, zog den ferrariroten Morgenmantel aus Seide an, der seit Tagen gebügelt im Schrank auf seinen Einsatz wartete. Dann nahm sie ihre Dritten aus dem Zahnputzglas und schob sie mit Nachdruck in den Mund. Mit kühnem Schwung zog sie ihre Augenbrauen nach. Die Wolke von „Black Magic", die sie umhüllte, hätte selbst einen Komapatienten zurück ins Leben katapultiert. Aufgeregt wie beim ersten Schulschikurs huschte sie über den Gang und öffnete vorsichtig die Zimmertür. Da lag nun im fahlen Licht des Mondenscheins der Traum ihrer schlaflosen Nächte. Aus der Nähe betrachtet sah er nur noch halb so ansehnlich aus, wie Malwine mit Bedauern feststellte. Die Haare wirkten schütterer, die Wangen eingefallen. Und wo waren seine strahlend-weißen Zähne hingekommen? Eine eingetrocknete Speichelspur zog sich über die linke Kinnpartie. Malwine beschloss, die körperlichen Mängel diskret zu übersehen. Die Lust, den Schnarcher auf den Mund zu küssen, war ihr allerdings schlagartig abhanden gekommen.

Zum Glück gab es eine wichtigere Aufgabe zu erfüllen. Sie hob die Bettdecke und machte sich ohne Umschweife am Schlitz der Pyjamahose zu schaffen. Unschuldig-schlaff lag das Glied in ihrer linken Hand. Nun galt es, alle Verführungskünste aufzuwenden, um ihm zu einer gewissen Standfestigkeit zu verhelfen. „Du wirst meiner Liebe nicht entgehen, Victor!" flüsterte Malwine. „Du nicht!" Schon nach den ersten zögerlichen Berührungen erwachte er und murmelte schlaftrunken: „Schwester Erika?"

Waaas? dachte Malwine leicht empört. War Schwester Erika, dieses Miststück, schneller als sie gewesen?

Sie knipste die Nachttischlampe an.

„Was machen denn Sie da? Wer sind Sie überhaupt?"

„Pssst!" Malwine legte den Zeigefinger auf ihren Mund. „Nicht so laut! Und warum denn gar so förmlich? Er-kennst du mich nicht? Ich bin Malwine von 403. Und jetzt mach dich auf etwas gefasst, mein Lieber! Gleich wirst du die Engel singen hören."

Ohne auf eine Antwort zu warten, zog ihm Malwine die Pyjamahose von den Hüften bis zu den Knien. Dann be-gann sie, sein seinerzeit bestes Stück mit sanfter Massage in Form zu bringen. Allerdings ohne nennenswerten Erfolg. Immer, wenn das Glied die Festigkeit eines Wackelpuddings erlangt hatte und Malwine es zwischen ihre Lippen nehmen wollte, sackte es in sich zusammen.

Nach dem siebenten Fehlversuch ließ sie erschöpft von ihm ab. „Morgen Nacht komme ich wieder, Victor! Und dann …" In ihrer betulich-säuselnden Stimme schwang Hoffnung.

Als Malwine die Tür hinter sich zuzog, fiel ihr Blick auf die Zimmernummer und das Namensschild. Sie kniff die Augen zusammen. 406 stand da zu lesen und darunter in Blockbuchstaben: Siegfried Sumper. „Ooooh! 406? Da muss ich mich wohl vertan haben!"
Sie hielt sich die Hand vor den Mund und kicherte. „Wenn das so ist, dann bist du eben morgen dran, Victor!"

DEUTSCHLAND SUCHT DEN PORNO-STAR

In der Jury sitzen Dieter Kohlen, Hans-Dampf in allen Castingshows, Polly Pasta, Porno-Queen i. R., und Dildo Horn, Filmproduzent

„So, und jetzt stell dich bitte mal vor!" sagt Kohlen.
„Ich heiße Ilona, ober meine Freinde nennen mich Lollo. Ihr kennt mich auch Lollo nennen. Ich komme aus Budapäscht und und mechte zum Film."
Ilona trug viel Haut und dazu schenkelhohe Lackstiefel, Stringtanga und einen knappen Büstenhalter. Alles in schwarz, so wie der Nachwuchs, der aus ihrem blonden Pagenkopf hervorkroch.
„Halt lieber mal die Klappe, Lollo!" rief Kohlen. „Ich will deine Titten sehen!" Bereitwillig schälte Lollo ihre Brüste aus den Körbchen. „Wooooow!" entfuhr es Kohlen. „Die sind ja hammermäßig!" Kohlen schien Gefallen an Lollo zu finden.
„Was willst du uns denn heute zeigen, Lollo?" fragte Horn mit väterlichem Unterton und rückte seine schwarze Brille, eine so genannte Hornbrille, zurecht.
„Zeigen? Ich zeigen olles! Olles, wos du willst!"
Blitzschnell schob Lollo ihr klitzekleines Höschen wie einen Vorhang beiseite und spreizte ihre Schamlippen auf.

„Yeaaaah!" Kohlen trommelte vor Vergnügen auf die Tischplatte.

„Pink! Ich will pink sehen!"

„Ich auch!" schrie Horn mit hochrotem Kopf. „We want more, we want more!"

„Reißt euch zusammen!" Polly Pasta schaute streng. „Hände auf den Tisch, Dieter! Sonst gibt's eine auf die Finger! Du auch, Dildo! Wir sind auf Sendung!"

„Also, Lollo, was hast du heute für uns vorbereitet?" Kohlen verschränkte die Hände hinter dem Kopf und lehnte sich erwartungsvoll zurück. In seinen Mundwinkeln sammelte sich Geifer.

„Ich moch das Teppichluder!" Lollo entrollte die mitgebrachte Perserbrücke, ging in den Vierfüßlerstand und wackelte verführerisch mit ihrem Hinterteil.

„Joe, dein Auftritt bitte!"

Joe war der Hausficker von RTL. Er war muskulös und potent wie ein Stier. Bei „Deutschland sucht den Porno-Star" hatte Joe seinen Traumjob gefunden. Vögeln, bis der Arzt kommt!

„Dann legt mal los!"

Joe beugte sich über Lollo, riss ihr das Höschen herunter und schlug ihr mit der flachen Hand auf die Backen.

„Nimm mich, nimm mich, nimm mich!" flehte Lollo.

Joe war von der schnellen Truppe. Er knöpfte sich seine

Jeans auf, holte ohne Umschweife seinen Schwanz heraus und trieb ihn wie einen Presslufthammer in Lollo.

Lollo wand sich voll Lust. „Aaaaaaah, oooooooh, aaaaaah!" jauchzte sie. Es klang wie der Koloraturgesang einer ungarischen Operettensoubrette.

„Du wildes Hääängst. Du Hääängst!

„Was heißt hier, du hängst? Du saublöde Tussi, du!"

Joe zog abrupt das beinharte Beweisstück aus ihr heraus. „Da, schau! Von wegen! Ich hänge!"

Er kniete sich vor Lollo und schob ihr ohne Vorwarnung seinen Schwanz in den Mund – bis zum Rachenzäpfchen.

Lollo gurgelte und strampelte wie eine Ertrinkende.

„Ausssssssss, aus!" Dildo Horn wedelte mit dem Anmeldeformular. „Es reicht!"

„Bin ich eine Runde weiter? Bekomme ich Recall?" fragte Lollo atemlos. „Büüüüütte!"

Joe schien mit dem unerwarteten Interruptus ganz und gar nicht einverstanden zu sein. „Wieso aus? Ich hab doch noch gar nicht abge …!"

Den Rest hörte keiner mehr. Der bullige Produktionsassistent hatte beide schon mit Nachdruck aus dem Studio befördert.

„Die Nächste, bitte!"

JAAAA!

Karl-Heinz gibt nicht gerne zu, wo er mich her hat. Nein, nicht aus Fernost. Wo denken Sie hin! Das wäre nichts für ihn, wo doch für Karl-Heinz die Exotik schon kurz hinter der bayrischen Grenze beginnt. Nein, Bestellung per Internet und anschließender Lieferung frei Haus ist jetzt auch in Österreich möglich. Das ist genauso gut wie per Katalog, wenn nicht sogar besser, meint Karl-Heinz. Und wenn es dann halt doch nicht passt, man weiß ja nie, gäbe es keine Probleme mit dem Umtausch.

Zwischen Karl-Heinz und mir ist aber zum Glück alles eitel Wonne und Waschtrog. Das war schon von allem Anfang an so. In der kurzen Zeit, wo ich jetzt bei ihm bin, habe ich mich schon unentbehrlich gemacht. „Wie konnte ich nur ohne dich sein!" sagt er zwei- bis dreimal die Woche, ehe er sich die Wäsche vom Leib reißt. Dirty old man!

Ja, ich gebe es zu, es macht mir großen Spaß, wenn er mich ganz weit aufmacht und mich dann anfüllt. Socken, Unterhosen, Oberhemden, Bettüberzüge und Leintücher – alles stopft er mit geschickten, flinken Händen in mich hinein.

Ich komme ziemlich schnell auf Touren, und bringe jedes Mal die volle Leistung. Schongang? Wo denken Sie hin! Dafür ist Karl-Heinz nicht zu haben. „Menschenskind, was bist du doch für ein heißes Gerät", stöhnt er mit glasigen Augen, während er mich von allen Seiten tätschelt. Welch ein Gefühl, wenn der siedend-heiße Schaum die glänzenden Poren meiner Trommel umspült, wenn sich die Wäsche in wilder Jagd an mir reibt, sich die Knöpfe an mir scheuern. Dann beginnt alles in mir zu pulsieren und zu drehen. Schnell, schneller, immer schneller.

Karl-Heinz sitzt mit Schaum vor dem Mund auf dem Badewannenrand, schaut tief in mein Innerstes. „Ja, Baby, komm, lass es raus!" ruft er mir zu. Alles bebt, zittert, vibriert in mir. Ich spüre die heiße Brandung, spüre, wie es kommt. Ja! Ja! Jaaaaa! Die siedende Lauge ergießt sich in meinem Schlauch, bringt ihn fast zum Platzen. Noch einige unkontrollierte Kontraktionen im Flusensieb – dann komme ich unter lautem Stöhnen zum Stillstand.

Ein paar Minuten verharren wir in totalem Einklang. Danach drückt Karl-Heinz mit bebenden Fingern auf das Knöpfchen. Ich öffne mich für ihn, er greift in mich hinein und holt behutsam aus der Tiefe meiner Trommel die Wäsche heraus. Stück für Stück.

Nur eine kurze Pause, dann bin ich bereit für ein nächstes Mal.

PENIS- UND VAGINA-MONOLOGE

Vorbemerkung: Mitte der 1990er Jahre ließ die New Yorker Autorin Eve Enslin aufhorchen, als sie in dem Buch und dem gleichnamigen Theaterstück „Vagina-Monologe" weibliche Geschlechtsteile unverblümt zu Wort kommen ließ. Es wird höchste Zeit, dass im Zuge der Gleichberechtigung auch die männlichen Pendants (Nomen muss nicht immer Omen sein, meine Herren!) zu Wort kommen dürfen.

Das Leben ist wie wie eine Cocktailparty. Erwartungsvoll stehst du die halbe Nacht lang herum, flankiert von einer leicht bedrohlichen Achse der Mösen. Aber keine von denen, keine von diesen doofen Pussys will etwas von dir. Du baust dich vor ihnen auf, wächst förmlich über dich hinaus, aber sie nehmen dich einfach nicht zur Kenntnis. Alles, was sie über ihre Lippen bringen, ist ein gezischtes: Fuckoff! In diesen bitteren Momenten kommst du drauf: Das Leben ist doch härter als du selbst.   (Elvis Ultra)

Jetzt habe ich wieder eine regelmäßige Beschäftigung. Endlich! Zwar nur geringfügig, aber immerhin. Besser als in die hohle Hand, wenn Sie wissen, was ich meine! Ist ja gar nicht mehr so leicht, wenn man mal jenseits der 50 ist. Nein, zum alten Eisen gehöre ich noch lange nicht. Obwohl: Eisen? Ach, lassen wir das! Man kommt ja so leicht aus der Übung! Aber wenn man wieder zeigen kann, dass man noch was draufhat, ist das schon irgendwie befriedigend. Man fühlt sich plötzlich wieder so … so spritzig! (James Last-Chance)

Immer dieser Druck! Dieser enorme Leistungsdruck! Von morgens bis abends – sechs Tage in der Woche ran müssen, und an Sonn- und Feiertagen auf stand by. Das haut doch den Stärksten um! Und dann noch die Konkurrenz, die schon in den Startlöchern lauert – jung, experimentierfreudig, rund um die Uhr einsatzbereit. Und ihre mitleidigen Blicke: Ob's der noch voll bringt? Ich fühle mich so schlapp! Ich möchte mich einfach hängen lassen, einfach nur hängen lassen! Kann mich denn keiner verstehen? (Johannes Schlaffer)

Ich bin der Typ für den zweiten Blick. Bin das, was man so einen Durchschnitt nennt, also unscheinbar und eher klein. Da kann's natürlich schon mal passieren, dass man über mich hinwegsieht. Aber da hat sich schon manche von diesen eingebildeten Pussys schwer getäuscht. Und danach konnten sie gar nicht mehr genug kriegen von mir. Ja, wenn's darauf ankommt, laufe ich zur Höchstform auf. Da wachse ich geradezu über mich hinaus. (Willy Wilder)

Nomen est omen! Und meiner ist nun mal Cassius. Nach Cassius Clay – die Älteren unter Ihnen werden sich vielleicht noch an ihn erinnern. Dieser Name passt zu mir wie das Schwert in die Scheide. Ich bin nun mal der Größte! Der Allergrößte! Daran gibt es nichts zu rütteln und zu schütteln! Ich schwör euch: Bei meinem Anblick, da bleibt keine Möse trocken. Und ich fackel auch nicht lange rum. Klopf nicht mal an – schon bin ich drin! Und ich sage euch: Es hat sich noch keine beschwert. (Rainer Rammler)

In einer Stunde kommt er! Ich kann es schon gar nicht mehr erwarten. Bin schon so aufgeregt, so kribbelig! Mir ist schon ganz heiß! Heute ist es des erste Mal. Wenn ich nur wüsste, was ich anziehen soll! Das kleine Schwarze oder doch das Rote von „Graziella?" Oder gar nichts? Vielleicht nur einen Hauch von Givenchy? Mannomann, wie ich mich nach ihm sehne? Er ist aber auch wirklich der Größte. Come on, boy! Thrill me, fill me, kill me! (Conny Lingus)

Igitt, igitt! Nicht schon wieder! Das war doch erst … Waaas? Schon wieder die Woche rum? Wenn sich dieser langweilige Glatzkopf doch endlich mal was Neues einfallen lassen würde! Immer das gleiche Spiel. Nur von

Mal zu Mal dauert es ein bisschen länger. Jetzt bohrt der schon seit zwanzig Jahren in mir rum. Wonach sucht der eigentlich? Nach Öl? Nach dem G-Punkt? Ich glaube, das Beste ist, ich stell mich einfach tot.

(Mitzi Migreninger)

Hallo, hier bin ich! Sieht mich denn keiner? Hu-Huu-uu! Ja, hier geht es lang! Hie-hier! Heute freier Eintritt! Ihr meint, ich soll mich nicht so anbiedern? Das würde peinlich wirken? So nach „Die muss es aber bitter nötig haben?" klingen? Echt? Und was ist, wenn es wirklich so wäre? Es ist doch immer dasselbe! Wenn frau einen bräuchte, dann ist weit und breit kein Schwanz zu sehen. Alles, aber auch wirklich alles muss frau sich selber machen.

(Nora Noth-Nagel)

Menschenskind, warum will hier denn keiner rein? Ich bin doch schon fast 17. Was mache ich nur falsch? So schlecht schaue ich doch gar nicht aus! Obwohl … sehen wir nicht alle gleich aus? So im großen und ganzen, meine ich? Ob ich mir mal ein anderes Styling zulegen sollte? Wenn das so weitergeht, wird einmal auf meinem Grabstein stehen: Ungeöffnet wieder zurück. Mein Leben ist so schrecklich leer. Ich fühle mich so unausgefüllt.

(Britney Spürs)

Ich bin für vieles offen, und deshalb ich sage euch, Mädels: „Size doesn't matter" ist auch nur so ein saublöder Spruch! Wer hat den eigentlich erfunden? Wahrscheinlich irgend so ein an Selbstüberschätzung leidender Macho-Wichtel. Dass ich nicht lache! Ich weiß nämlich wirklich, wovon ich rede. Mein lieber Herr Gesangsverein, wer war bei mir nicht schon aller zugange! Also, mal ganz ehrlich: Wenn ich es mir aussuchen kann, dann nehme ich doch lieber den dicken Großen als den dünnen Kleinen. (Desiree Fick)

WER SCHRIEB EIGENTLICH WAS?

Haben Sie sich beim Lesen manchmal gefragt, wer die Geschichte wohl geschrieben hat, Polly oder Peer? Gibt es tatsächlich eine männliche und eine weibliche Schreibe, eine geschlechtsspezifische Art sich auszudrücken?

Hier kommt die Auflösung.
Annicka, Chili con Carne, La Donna è mobile, Blow Job, Rosmarin, Gut gegen Wechseljahre, Blue Moon, Wahrheitsbeweis, Don't dream it, Spiel zu dritt, Sternstunde, Für immer jung, Deutschland sucht den Pornostar, Jaaa! sowie die Penis- und Vagina-Monologe stammen von Polly.
One night in Bangkok, Vera, Alles hat seinen Preis, Summer in the City, Nichts als Träume, Those were the days, Die ungeheure Schwere der Realität, Die Gunst der Frauen, Ricardo und Mirande stammen von Peer.

Mal ehrlich, wie oft haben Sie daneben getippt?